KB270306

낯설고도 친밀한

낯설고도 친밀한

김순례 수필 II

지은이 | 김순례
펴낸이 | 김영빈
펴낸곳 | 도서출판 시아북(詩芽Book)
발행일 | 2025년 12월 06일

출판등록 | 2018년 3월 30일
주소 | 대전광역시 동구 선화로214번길 21(3F)
전화 | (042) 254-9966
팩스 | (042) 221-3545
E-mail | siab9966@daum.net

값 16,000원

ISBN 979-11-94392-62-0(03810)

---

* 본 사업은 2025년 천안문화재단 문화예술지원금을 지원받은 사업입니다.

시아북수필선 019

고요한 마음의 틈에서, 친밀한 낯섦을 만나다.

낯설고도 친밀한

김순례 수필 II

시아북
詩芽BOOK

책머리에

삶의 모든 질서는 낯섦에서 시작한다. 낯선 분위기, 낯선 상황을 만나 어느 순간 익숙해지고 친밀해진다. 반면 친밀했던 순간들이 한순간 낯설게 다가올 때가 있다. 신앙, 사람과의 관계, 자연 사물과의 만남도 그 처음은 엉거주춤 낯설고 어설프다. 낯가림이 있어 모든 상황이 익숙해지고 친밀해지기까지 시간이 걸린다. 나의 어눌함과 나태함을 무릅쓰고 더듬더듬 길을 찾아 나선다. 그런 상황에서 가끔 너무도 친숙한 한 문장을 건져내곤 한다. 낯설고도 친밀한…, 책 제목이 탄생 되는 순간이다.

낯섦은 친밀함을 전제하고 있다. 그 추를 오가며 일상을 더듬은 흔적들을 모아 세상 밖으로 내어놓는다.

사람이 살아가는 일에 우연은 없다. 여기저기 유랑하듯 살아온

날들 곁에 언제나 좋은 친구들이 나를 찾아와 주었다. 내가 찾아 간 것인지, 그들이 나를 찾은 것인지. 다시 책을 내면서 더욱 확고 한 마음이 든다. 이 모든 건 무언의 질서 안에서 보이지 않는 힘이 작용하고 있음을 감지한다.

어린 시절 다락방에서 시작한 어설픈 독서가 지금의 나를 이끌 었다. 7남매나 되는 오누이가 있지만 언제나 마음 한쪽에 서늘한 그리움이 자리했다. 혼자 있는 것을 좋아하고 책 읽고 음악 듣고 글 쓰고 일상이 늘 그랬다. 그 그림자와 함께 살아온 세월로 인해 고독한 글 쓰는 작업을 지금껏 붙들고 있나 보다.

떠들고 웃고 많은 사람 속에 있을 때보다 혼자 고요하게 머무는 것을 더 좋아한다. 사람을 좋아하지만, 신독을 더 좋아한다. 풍요 를 좋아하지만, 절제된 청빈을 더 좋아한다. 배부를 때보다 배고 플 때 더 기분이 좋다. 맑은 하늘을 좋아하지만, 비 내리는 날 샌 티맨털을 더 사랑한다. 말 많은 소음보다 침묵의 불편함이 더 좋 다. 감정의 만선보다 마음이 텅 비어 있을 때 더 인간적이고 살아 있는 것 같다.

녹슬지 않는 삶을 지향한다. 쇠는 안 쓰면 자체에서 녹이 나서 못쓰게 되듯이 나태, 게으름, 무책임, 탐욕, 부정적인 생각은 영혼 을 녹슬게 한다.

욕심내지 않고 천천히, 그리고 꾸준하게 달려온 시간이다. 지나 간 것은 뒤돌아보지 않는다. 비로소 편안한 오후이다. '낙타'를 지나 '사자'를 넘어 '어린아이'와 같은 시간이다.

　바닷가의 수많은 조약돌을 모나지 않고 둥글고 예쁘게 만든 것은 무쇠로 만든 정이 아니라, 부드럽게 쓰다듬는 바닷물결이다.
　평범하고 보잘것없는 이 책이 세상에 나가, 삶에 지친 누군가 한 사람의 어두운 그림자를 쓰다듬을 수 있다면 더 이상 무엇을 바라리요.
　1집『마음속 풍경』을 내고 어언 7년. 운 좋게 1집은 제주에서 예술 지원금을 받았고, 2집『낯설고도 친밀한』은 천안에서 받았다. 그동안 여기저기 발표한 글과 동인지 글 모으니 제법 된다. 내장 하드 어둠 속에 갇혀 있던 활자가 빛을 만나게 되어 반갑고 감사하다.
　출판사에 마지막 원고를 넘기며, 딸을 시집보내는 마음처럼 서운하고 모자란 듯 아쉬움뿐이다.
　이 책이 나오기까지 애써주신 모든 분과 '안단테' '천안 예술재단'에 감사드린다. 모든 것 위에 내게 영감을 주고 이 일을 허락하신 하나님께 모든 영광을 올려드린다.

2025년 12월

김순례

　　　　　　　　　　　　　　　　　　　　　　　책머리에

차례

3장 소금항아리

차례

"모든 글은 자서전이다."

- J. M. 쿳시 -

1장

다락방

밑줄긋기

김해자 시인 《위대한 일들이 지나가고 있습니다》를 읽고 있다가 자꾸만 연필로 밑줄을 긋고 있다. 비슷한 연배의 작가 이력과 글솜씨에 반한다. 어렵지 않은 언어로 쉽게 글을 쓴다. 그녀의 시와 수필 모두가 가슴을 촉촉하게 적신다.

삶을 노래하는데 절규가 깃들어 있다. 사람을 그려내는데 눈물이 흘러내린다. 차분하게 호소력 있는 잔잔한 글 속으로 자꾸만 마음이 기울어진다. 글 안에 정서가 사람의 마음을 움직인다. 누구에게나 주어지는 삶 속에서 그녀는 대어를 낚는다. 그야말로 위대한 일들이 지나가고 있다.

이럴 땐 딱 내 글쓰기를 멈추고 싶다. 내 글이 하찮아 보이고 밑그림만 그려대고 있는 것같이 볼품없어 보인다. 하긴 이런 일이 처음은 아니다. 매번 좋은 책과 글을 접할 때마다 나는 충격을 받는다. 어쭙잖은 글쟁이로 머무르고 있음에 자책한다. 자연스럽게 노트북을 닫는다. 눈만 돌리면 수북이 쌓아둔 읽어야 할 책들 속으로 피신한다. 정신없이 몇 권의 책을 읽고 생각을 비우고 마음을 비운다.

글을 쓴다는 것은 마음속에 고이는 생각을 토해내는 작업이다. 그 생각이 곧 그 사람이며 생각이 글이 되고 책이 되는 것이다. 내 글이 누군가에게 읽히어 밑줄 그어지는 날이 있을까? 감히 그런 생각을 하노라니 갑자기 두려워지기도 하고 두근거려지기도 한다.

책과 그 그늘 밑에서 어슬렁거리다 보면 어느새 나도 한 권의 책이 되어있으려나. 많은 글 선배들이 말했듯이 우직하게 읽고 쓰라고 말한다. 다시 지울지라도 부지런히 쓰고 또 쓰고를 반복하라는 말이다. 책을 읽으며 흔히 우리가 편하고 쉽게 느껴지는 문장들은 작가가 심혈을 기울여 쓰고 지우고를 반복한 혼의 결과물이다.

자기가 좋아하는 길을 향해 묵묵히 걸으라는 말이다. 그 한 길을 향해 우직하게 걷노라면 길이 보이고, 꽃도 보이고, 나무도 보이고, 숲도 보이리라. 경지에 오른다는 말은 한 방향에서 최고의 자리에 오른다는 말일 게다. 거기까지는 아닐지라도 자기가 좋아하고 기쁨이 있는 그 작업을 계속할 수 있다면 그것은 행복이다. 그 영혼의 결과물이 남 보기에 하찮아 보일지라도 자기 마음속에 고인 생각을 토해냈으니 적어도 후회는 없을 것이다. 맘에 들지 않는다면 다시 고치고 수정하면 될 일이다.

류시화 시인이 《내가 생각한 삶이 아니야》에서 이런 글을 썼다. "가장 후회되는 글은 생각만 하고 쓰지 않은 글이다. 내게 실패한 글은 쓰지 않고 미룬 글들이며, 기억할 가치조차 없는 글은 '쓰지 않은 글'이다. 가장 후회되는 여행은 '떠나지 않은 여행'이다."
생각만 하고 행하지 않은 일들은 존재가치가 없음이다. 어찌 되었던지 나는 오늘도 주절주절 글을 쓴다. 생각의 나락을, 마음의 갈피를, 떠도는 몽상들을 제목도 없이 노트북 바탕화면에 퍼 나르고 있다.

좋은 책 속의 글에 밑줄을 그으며 음미하듯이 삶에도 밑줄을 그으며 살아 볼 일이다. 우리의 모든 순간 위대한 일들이 지나가고 있으니 말이다.

다락방

어린 시절 큰오빠 대학을 위해 온 가족이 서울로 이사를 했다. 내가 3살 때이니 기억은 잘 나지 않는다. 시골 논밭 팔아야 얼마 되지 않은 돈으로 서울 작은 땅을 사서 아버지가 손수 일본식 미니 이층집을 지었다. 일제 강점기를 살아온 아버지의 경제관념과 손재주가 빛을 발했다. 서울역에서 가까운 독립문 근처는 일자리 찾아 지방에서 서울로 이주해 온 이들이 올망졸망 살아가는 서민들의 터전이었다. 서대문 교도소 앞에 전차 역이 있었다. 어린 내가 큰언니 손잡고 독립문역에서 전차를 타고 서대문역에 내려 지금은 사라진 서대문극장에서 내 생애 첫 영화를 봤던 기억이 어렴풋하다.

다다미로 만든 2층 방은 큰오빠 방이고 다락방은 작은오빠 방이었다. 어린 나는 오빠들 방이 늘 궁금했다. 다락방 낮은 천장과 비좁은 계단 위는 나에게는 금단의 영역이었다. 초등학교 때부터 오빠들이 없는 대낮에 몰래 다락방에 들어가면, 오래된 책 냄새가 먼저 반겨주었다. 먼지 낀 책장 속에 켜켜이 쌓여 있던 활자들은 나를 새로운 세계로 끌어당겼다. 쪽 창문 빛으로 책꽂이에 꽂힌 책을 펼쳤다. 앉은뱅이책상에 앉아 시간 가는 줄 모르고 책장을 넘겼다. 그 순간 다락방은 더 이상 어둡고 좁은 공간이 아니었다. 별빛이 쏟아지는 천장이 되었고, 때로는 바람 부는 초원의 텐트가 되었으며, 바다 위의 배가 되었다. 책 속의 문장들은 어린 나의 상상력에 불을 붙였고, 나는 그 불씨를 안고 세상을 다르게 바라보기 시작했다. 의미는 알 수 없지만 뭔가 심오한 생각들이 들어있는 것 같았고, 글을 읽은 후에 나는 점점 더 멋진 아이로 성장할 것만 같았다. 알 수 없는 단어들이 튀어나올 때마다 국어사전을 찾아 가면서 읽었던 기억이 난다. 그곳에서 나는 아직 이름 붙이지 못한 감정들을 만났고, 언어로 길어 올리지 못한 울음을 배웠다. 글을 쓴다는 것은 그때의 기억을 더듬어 다락방 어둠 속에서 움튼 빛을 다시 꺼내는 일인지도 모른다.

『테스』『전쟁과 평화』『대지』『빙점』『빠삐용』등. 뭐가 뭔지도 모르며 읽어 내려가며 아스라이 노을이 질 때까지 다락방은 나의 놀이터였다.

　저녁 먹을 때에야 엄마가 나를 찾아내고 밖으로 나왔다. 그렇게 내 안에 문학적 태동이 터를 잡고 있었다.

중학교 국어 시간, 자기 고백적 수필을 써 오라는 선생님 과제가 있었다. 교복을 입고 등굣길에 한 남학생이 나를 따라오는 느낌이 싸했다. 무섭고 떨려 빠른 걸음으로 학교까지 무사히 도착하여 "휴!" 하고 한숨을 내쉬었는데 남학생은 나를 따라온 게 아니라, 근처에 있는 자기 학교에 가는 길이었다. 그때 두근두근하며 가슴 떨리고 무섭던 심정을 에피소드로 써냈다. 과제를 돌려주는 날 선생님께서 내 글을 재일 먼저 내 주며 앞으로 나와서 낭독하라 한다. 부끄럽지만 떨리던 그 순간의 감정을 담아 주르륵 읽어 내려갔다. 선생님께서 칭찬과 더불어 친구들에게 모두 박수를 권했다. 내 가슴에서 뭔지 모를 뜨거운 것이 후끈 느껴졌다. 그 뒤 글쓰기에 대한 자신감이 조금씩 생겼고 꾸준히 무언가 긁적이고 있었다. 뒤늦게나마 등단과 함께 문학의 언저리에서 서성거린다.

삶이 고단하다고 느낄 때나 가슴 벅차오르는 기쁨을 마주할 때 나는 마음속 다락방으로 간다. 문학의 자궁, 그 은밀하고 아늑하던 공간 속으로….

고독의 뿌리

평생 잊히지 않는 빛바랜 기억 하나가 있다. 꿈이었던가 싶은…. 해가 기울어 가는 스산한 3월 초 늦은 오후, 낮잠을 자다가 수선스러운 분위기에 깨어났다. 뭔가 급박하게 돌아가는 낯선 집안 분위기가 직감되었다. 평소 들리지 않던 갓난아기의 울음소리가 부스스 눈뜬 내 고요를 깼다. 동생이 태어났단다. 웅성거리는 바쁜 어른들 발길 너머로 짠한 눈빛으로 나를 바라보던 누군가의 눈길이 느껴졌다. 4살, 순한 아이로 귀여움받던 난 이제 더 이상 막둥이가 될 수 없었다. 돌이킬 수 없는 깊은 외로움 같은 것이 내 속 어딘가에서 비집고 올라오고 있었다. 늦겨울 쌀쌀함도 잊고 툇마루에 걸터앉아 붉게 저물고 있는 노을을 멍하니 바라보았다. 그 순간 집안의 시끄러운 소리는 전혀 들리지 않았고 해가 저물어 가며 우리 집을 붉게 물들이고 있는 것을 넋 놓고 바라보았다. 생전 처음 느껴보는 아련한 서글픔이었다. 원치 않은 감정의 파편이 내 허락도 없이 불쑥 내 인생에 쳐들어왔다. 그것이 내 일생을 통해 마음 한쪽에 웅크리고 있던 것이 고독임을 알아챘을 땐 난 이미 아이가 아니었다. 한편으로는 깊은 겨울잠에서 깬 웅녀熊女처럼 비로소 사람이 된 것 같은 안도감마저 들었다.

도서관엘 갔다. 서고를 돌다가 꺼낸 것이 한강의 소설 《채식주의》였다. 순식간에 한 권을 다 읽고 나서 느껴지는 감정이 "뭐지?"였다. 말없음표를 수도 없이 찍으면서 며칠 동안 그 책 생각에 사로잡혔다.

겉으로 보이는 줄거리는 주인공 영혜와 남편, 네 살 터울 위의 언니(인혜)와 비디오 아티스트 형부 이야기이다. 모든 현실을 안으로 꼭꼭 재우며 무덤덤하게 살아가는 영혜, 어느 날 찾아온 괴이한 꿈과 함께 시작된 채식주의. 그 뒤를 잇는 그녀 남편과 가족들의 대응이 빠르게 펼쳐진다.

어려서부터 주목받지 못하고 부모의 사랑도 못 받으며 살아온 영혜, 평범하다 못해 무미건조한 삶 속에서 존재감의 실체를 찾아 떠나버린 것이 채식주의의 시작이다. 나무가 곧 자신이라고 생각했던 그녀. 정신과 병동에 갇히어 목숨이 다하는 순간까지 물구나무서기에 매달리며 뿌리내리기를 원하던 그녀. 손이 땅 밑으로 뿌리를 내리고 있다고 거꾸로 치켜든 발에서 가지가 새로 나오고 잎과 꽃들이 피어나고 있다고 믿던 그녀. 자신은 나무이므로 음식이 필요 없고 물만 있으면 된다며 끝까지 음식물을 거부한다. 비쩍 말라서 산송장이 되어가던 그녀는 결국 소화기 내막이 붙어버리고 만다. 평소 어떠한 표현도 잘 못하던 두루뭉술한 성격의 그녀 내면에는 어떤 것들이 있었을까? 표현 못 하던 내면에 사로잡힌 고독의 뿌리가 쌓이고 쌓여서 정신적 히스테리로 꿈이라는 매개체를 붙잡은 것일까?

언니 인혜, 어쩌면 영혜보다 더 정신적 충격을 꾹꾹 누르며 살아왔을 인물이다. 책임감과 강박관념으로 무장한 체 겉보기에는 세상에 다시 없을 완전한 사람이다. 딸, 아내, 언니, 누나, 엄마의 역할을 무리 없이 소화해 낸다. 하지만 내면의 그녀는 동생보다 더 한 감정의 경계에서 정신적 공황 상태를 맞이한다. 어릴 때부터 암묵적으로 길든 책임감으로 정신을 무장하고 삶의 고비마다 아슬아슬 위기를 힘겹게 걸어가고 있다. 자기보다 앞서 동생이 정신과를 찾자, 어쩌면 자기가 먼저 정신과 병동에 들어와야 할 존재였음을 자각하며 의구심을 갖는다.

두 자매의 닮은 듯 다른 인생사 우여곡절 소설을 읽으며, 현재를 살아가는 우리도 비슷하지 않을까? 하는 생각을 했다. 어쩌면 현대인들 대부분 숨겨놓거나 감춰진 정신질환자들이 아닐까? 정신과 의사들이 진단하는 '환자'라는 명칭이 모호해진 위기의 시대이다. 곳곳에 눈을 희번덕이는 가상의 정신병자들이 난무한다. 의사의 진단서만 없을 뿐, 숱한 정신질환자들이 거리를 활보한다. 나도 혹은 이 글을 읽고 있는 당신도 알 수 없는 정신의 올가미에 걸려들어 사선을 넘나들고 있는지 모를 일이다. 복잡해지는 문명 속에서 똑바로 정신 차리고 살아가는 일이 버겁게 느껴진다. 그때마다 마음의 뿌리인 정신 줄을 단단히 붙들고 세상이라는 광야로 나서야 하리라.

사람은 누구에게나 자기만의 고독이 있다. 그것을 잘 보듬고 가꾸며 사랑할 일이다. 나무이기를 간절히 원했던 소설 속 주인공 영혜는 나무가 자신의 고독한 본체였음을 알았다. 그것을 현실성 있게 잘 키우고 갈무리했더라면 아픈 결말이 나지는 않았을 것이다. 동생의 아픔을 바라보면서 언니는 좀 더 단단한 고독의 실체를 보듬었을까. 영혜와 언니는 나의 또 다른 모습이며 아바타이었는지도 모르겠다. 아련하게 끝나버린 소설 속 두 자매 이야기가 가슴 저릿한 통증으로 다가온다.

삶은 늘 그랬다. 내가 초대하지 않은 시간 속으로 찰나가 훅 밀고 들어왔다. 그것이 내 운명의 필연으로 받아들이기까지 오랜 시간이 필요했다. 이순耳順의 나이가 지나서야 답이 없다는 것을 알았다. 어린 시절 내 허락도 없이 불쑥 찾아온 그 녀석이 나와 가장 친한 친구이자 내 뿌리였음을 인정했다. 내 삶이 끝나는 날까지 고독이라는 그 녀석과 친구삼아 함께 가야 한다는 것을 받아들이며 편안해지기로 했다.

삶은 누구에게나 전인미답前人未踏 시간의 미로 속으로 걸어가야 하는 거니까.

내 안에 비명이 살고 있다

　대부분 사람은 관계에서 오는 소속감으로 정서적 안정감을 느낀다. 혼자서 살 수 없기에 주변과 어우러지며 집단을 만든다. 하여 사랑하는 사람을 만들고, 가족을 만들고, 친구를 만든다.

　사는 일이 시들해지면 눈을 돌려 먼 허공을 향한다. 밀려오는 소음 소리에 귀를 닫고 눈을 감는다. 지친 육신의 눈에 커튼을 내리고 침잠 속으로 걸어 들어간다.

　사노라면 내게 소중했던 그 무엇이 누군가에 의해 한순간에 아무렇지 않게 시궁창 속으로 쓸려가 버리는 일이 비일비재했다. 그 허무함에 아무도 모르게 숨어 허탈한 비명이라도 지르고 싶었다.

　'내 안에 언제나 비명이 살고 있다.' 실비아 플라스의 소설 《벨자》에 나오는 대사이다.

바라보는 모든 것이 무의미하고 재미없어졌다. 문득 알 수 없는 감정의 나락으로 떨어지는 나를 발견한다. 진정한 삶의 가치를 못 찾고 니힐리즘에 빠져든다. 소위 루저(loser)라 칭하는 패배자의 부류에 속한다 한들 어쩌겠는가. 인간관계에서 밀려오는 가치관의 이질성과 상대적 빈곤이 내가 가야 할 이정표에 간격을 더했다. 감정의 미묘한 흔들림에 이유를 댈 수 없는 우울함이 깃든다. 다시 또 그것이 스멀스멀 스며든다.

삶에 정말 중요한 것은 무엇일까? 때론 남의 이목이, 때론 책임감이, 때론 승부욕이, 때론 자아 성취라는 근사한 제목으로 내 목줄을 당겨 자아의 감옥 속으로 몰아넣는다. 관습과 굴레에 갇혀 익숙한 근육이 움직여 주는 것처럼 시간은 무작정 흘러갔다. 어떻게 살아야 잘 사는 것인지 묻고 자책할 겨를도 없이 바쁘게 하루가 이어졌다.

생을 치열하게 살았다고 해서 모두가 진정한 승자의 삶은 아니었다. 입을 틀어막아도 곳곳에서 소리 없는 절규가 툭툭 삐져나왔다.

잘 살고 싶었다. 좋은 평판을 받고 싶은 것은 아니다. 부와 명예를 원했던 것도 아니다. 그저 마음 한 자락 평안의 바다를 헤엄치며 살고 싶었다. 너그러운 마음과 여유로운 시간을 꿈꾸었을 뿐이다. 보채듯 살아가는 것이 아니라 내게 주어진 하루를 자근자근 밟으며 시간을 잘 품고 싶었다. 삶이라는 그물에 물고기 비늘처럼 한 땀 한 땀 잘 꿰어 놓고 싶었다. 허세 부리듯 삶의 지루함을 감추고 싶었나 보다.

원하는 사람과 원하는 시간에 소통이 안 될 때 불현듯 불안해진다. 상대에 대한 신뢰만큼 기대감이 채워지지 않을 때 서운함과 실망이 찾아오기도 한다. 외로움이 싫어서 관계를 만들고 소음이 싫어서 혼자이기를 원한다. 사람이 위로되지만 더러는 가까운 사람이 더 상처가 되기도 한다. 그때면 여지없이 또 혼자이기를 자처한다. 삶에 다시 슬그머니 그늘이 드리운다.

자기가 만든 감옥에 갇혀 자기를 학대하고 생사를 넘나들며 아파한다. 형벌처럼 삶은 돌고 돌아 제자리로 돌아오는 것인가.
내 안에 언제나 '비명'이 꿈틀거리고 있다.

쓸쓸한 사랑 이야기

『폴란드인』 소설을 읽고

J. M. 쿳시의 소설 《폴란드인》을 읽었다. 책의 맨 뒷장을 펼쳤다. 번역한 왕은철 작가의 해설을 먼저 읽었다. 다음은 그의 해설 일부다.

이 소설을 이해하려면 작가 쿳시의 성장 과정부터 이해해야 한다. 그는 남아프리카 출생으로 아버지는 네덜란드계 이민자의 후손 Afrikansd 이며 어머니는 폴란드계 이민자 후손으로 영어권에서 성장했다. 남아프리카 케이프타운에서 태어나 케이프타운대학에서 영문학과 수학을 전공했으며, 영국에서 프로그래머로 일하기도 했다. 미국 텍사스주립대(오스틴)에서 박사학위를 받고 뉴욕주립대(버펄로) 영문과 교수가 되었다. 이후 교수와 작가의 삶을 살며 노벨문학상(2003년)과 세계 최초 부커상을 2회 수상하였다. 쿳시의 소설은 상호 텍스트성을 가지고 간결하고 검소한 것이 특

징이다.

부모로부터 시작한 언어의 장벽이 성장 과정 중 종종 있었을 것이라 짐작된다. 영어권이지만 각자 다른 나라의 문화 차이도 있어서 문장을 읽고 해석하는 가운데 정확한 번역과 이해가 모호한 경계의 삶을 살았을 것이다. 그런 의미에서 이 소설이 쓰인 과정을 이해하게 된다. 소설은 시종일관 남자의 마음을 다 읽지 못한 여성의 시각으로 쓰고 있다.

주인공 남자는 폴란드 사람. 이름은 비톨드, 70대 큰 키에 마른 체격에 활력이 넘치는 쇼팽 전문 피아니스트이며 세계를 무대로 연주 여행을 다닌다. 그가 연주하는 쇼팽은 진지하고 건조하며 엄숙하다.

그의 뮤즈는 스페인 바르셀로나에 거주. 이름은 베아트리스 40대 후반, 우아하고 지성적이며 남부럽잖은 부유한 집안의 안주인이다. 그녀는 상류층의 문화 공연과 연주회를 기획하고 주최하는 사람이다. 이쯤 되면 두 사람이 만나게 되는 과정은 미루어 짐작하리라.

첫 만남부터 일방적으로 비톨드는 베아트리스의 사랑을 갈구한다. 두 사람의 언어는 각자 자기의 언어가 아닌 어눌한 영어로 대화한다. 여자의 영어는 비교적 능통 하지만 남자의 영어는 서툴고 속마음 표현하기가 어렵기만 하다. 그럼에도 남자는 자신의 마음을 드러내는데 과감하다. 불쑥 느닷없이 들이닥치는 나이 든 남자의 구애가 황당하지만 기분 나쁘지는 않다. 내가 진심으로 원하지 않지만, 멋진 남자가 내게 관심을 보인다는 것은 왠지 대내적으로 인정받는 기분이랄까? 대부분의 여자 마음속 저변에 꿈꾸는 무지개 뜨는 사랑의 환상이다. 처음엔 음악회 게스트로 대접했던 마음이 연인의 마음으로 변하기까지 남자의 구애는 저돌적이다. 나이 든 남자의 열정에 측은지심으로 '한번 만나보자.' 하고 시작한 만남이 어색한 연애가 된다. 대화도, 편지도, 음악적 표현도 내면의 마음을 제대로 표현할 수가 없다. 한마디로 소통이 잘 안된다. 남자는 그럴수록 여자의 마음을 사로잡고 싶고 원하고 애가 탄다. 영어로 메일을 보내지만 언제나 가로막는 벽이 있다.

소통 부재의 여자를 생각하며 직접 연주한 '쇼팽 b 단조 소나타' CD를 우편으로 보내왔다. 그녀의 소감으론 여전히 부드럽지 않고 건조하다. 어느 날 스페인의 가장 큰 섬 휴양지 '마요르카' 연주회에 그녀를 초대한다. 공교롭게도 여행지 근처 소예르 항구에 그녀의 별장이 있다. 이번엔 여자가 남자를 초대한다. 당당히 남편에게 그 사람에 대해 얘기하고 초대한다. 남편과 일주일을 보내고 남편이 떠난 후 일주일을 남자와 함께 보낸다. 유럽인의 정서와 동양인의 정서는 사뭇 다른 아이러니다. 여자는 70대 남자와 무슨 일이 생기겠는가? 하고 내심 우월감에 차 있다. 초대받은 남자는 황홀해한다. 별채에 따로 남자의 짐을 풀었다.

괴테의 소설 『젊은 베르테르의 슬픔』을 복선으로 깔아 놓은 듯

한 소설의 흐름이 답답하고 애달프다.

첫날은 아주 평화롭고 고요하게 지나갔다. 둘째 날, 전날 경직됐던 여자의 행동이 미안했는지 '뒷문을 열어 놓겠다.' 넌지시 그에게 그물을 던진다. 어둠이 짙어지고 남자는 침실로 슬그머니 들어와 자연스럽게 육체가 서로 엉킨다. 그녀와 밤을 보낸 남자가 쇼팽의 집에서 발견되었다는 유물, 목각 장미를 그녀에게 선물로 준다. 암호 부호처럼 명징하다.

그들은 오랜 연인처럼 함께 요리하고, 한 여자를 위한 피아노 독주를 하고, 해변에서 유유히 수영을 즐기고, 천천히 숲길 산책한다. 며칠 후 그녀는 단호하게 이별을 고하고 남자를 떠나보낸다. 이후 여러 번의 메일이 남자에게서 왔지만, 그녀는 과감하게 읽지 않고 삭제해 버린다. 겉으로 보기에 그들의 만남은 일방적인 여자의 거부로 끝이 났다. 현실로 돌아온 여자는 자신의 마음을 들여다보며 남자를 향한 마음이 연민이었다고 단정한다.

남자는 폴란드로 돌아가 여자에 대한 자신의 절절한 사랑을 자기의 모국어인 폴란드어로 시를 쓴다. 남은 생애를 통틀어 살아야 할 목적이 생긴 남자의 쓸쓸한 사랑의 시가 시작된다. 단테가 친구의 여자인 베아트리체를 죽을 때까지 사랑하듯이 남자는 여자를 죽을 때까지 흠모한다.

여자는 바쁜 일상을 보내며 몇 년이 흘렀다. 가끔 스치듯 그가 생각났지만 지우려 애썼다. 자신의 일상 중 지나간 잘못쯤으로 대수롭지 않게 넘기려 했다. 10년이 그렇게 흐르고 한 통의 전화를 받는다. 그 남자가 죽었다는 비보를 그의 딸에게서 듣는다. 남자가 그녀에게 남긴 유품이 있단다. 폴란드 바르샤바 그 남자의 아파트에 있으며 직접 그것을 찾아보라는 현실감 없는 전화를 받는다. 우여곡절을 딛고 그녀는 한 번도 가 보지 않은 폴란드 바르샤바, 남자의 아파트에 도착. 남자의 피아노 의자 안에 고이 모셔 놓은 상자 하나를 발견한다. 남긴 물건 여기저기 그 남자의 사랑이 얼마나 절박했는지를 깨닫는다. 단테가 베아트리체를 향한 지고지순한 사랑만큼 그 남자의 심중을 헤아려 보려 집중한다. 자신을 죽을 때까지 사랑한 그 남자에 대한 예의로 그의 빈집에서 하룻밤을 묵으며 많은 생각을 한다. 아무런 감흥을 느낄 수 없는 폴란드어로 된 시 묶음을 바라보며 그 남자에 대한 연민조차도 사랑이었음을 깨닫는다.

스페인으로 돌아와 통역이라는 매체를 붙들고 미제未濟의 생각들이 두 사람 사이에 둥둥 떠다닌다. 죽은 자와 산 자의 신호가 엇갈리고 부딪치고 어지럽다. 전문가를 통해 번역하여 그의 마음속에 들어가 보려 애쓴다. 정확한 언어로, 문자로 해독할 수 없는 사랑의 신호만이 가득하다. 텅 빈 충만함! 그 시를 이해하기는 불가능해 보인다. 번역된 시를 읽고 여자가 이미 죽고 없는 남자에게 편지를 쓰는 것으로 소설은 끝난다. 다시 쓰겠노라고 하며 끝맺는다. 함께 사랑할 수 없었고 각자 따로 사랑해야 하는 관계였다. 살아서는 남자가 여자를, 남자가 죽은 뒤에는 여자가 남자를 사랑하는 이상한 사랑의 함수관계다.

어떤 사랑이든 결국 그들은 사랑했다. 책을 덮으며 가슴이 먹먹했다. 이 소설이 말하고자 하는 바는 무엇일까? 사랑의 불시착? 나이 차이를 넘어, 국경을 넘어, 언어를 넘어, 시공간을 넘나드는 사랑의 위대함?

난해함과 복잡함, 오역과 오해의 난무함, 언어의 불통, 감정의 몰이해, 죽음에 관한 이야기까지 해독 불가능의 광대한 영역들이 얽혀 한동안 생각이 많아졌다.

인간이 인간을 얼마나 이해하며 살 수 있는가를 생각해 보았다. 같은 언어, 같은 문자, 같은 문화 생활권에서 사는 가족, 친구, 이웃, 동료들도 서로를 얼마큼 이해하며 같은 감정의 기류 속을 함께 유영할 수 있을까. 어차피 인간은 외롭고 고독하고 긴 항해를 할 수밖에 없는 존재들임을 말하고 있는 것은 아닐까. 책을 덮는 순간 대단한 사랑 이야기라고 하기엔 뭔가 확인하고 싶은 것이 있어서 다시 책을 뒤적였다. 그리고 다시 덮었을 때 들려오는 소리….

"모든 글은 자서전이다." 저자의 말이다.

그는 이 소설을 처음 발표한 것은 스페인어로 번역되어 아르헨티나에서 출판되었다. 영어 원본보다 1년 먼저 스페인어로 출판되었다. 그는 영어 소설로 노벨문학상까지 탄 사람이지만 영어권에 대한 저항 의식이 스며있다. 세계 언어의 식민주의적인 방식에 강한 불만을 표하는 작가적 발상이다. 영어권의 우월의식에 냉소를 보낸다. 영어가 가는 곳마다 토착어들을 파괴했고, 북반구는 남반구를 정복의 대상으로 보았다. 그는 또 이렇게 말했다. "영어가 세계를 점령하는 방식이 싫다." "영어 원어민들의 오만함이 싫다."

이 소설은 진정한 소통을 꿈꾸는 한 남자의 절규 같은 사랑 이야기를 매개로 세상의 모든 작가의 마음을 표현한 이야기다. 쇼팽의 음악을 간결하고 건조하게 바흐식으로 해석하는 남자의 관점. 사랑의 신호를 해독하지 못하는 여자의 시점이, 곧 현시대 사람 간의 소통의 부재와 해독하지 못하는 감정의 오류, 글을 읽는 독자와 작가의 엇갈린 마음을 담고 있는 것이 아닐까. 독자와 깊은 소통을 간절히 원하는 저자의 내공과 놀라운 통찰력이 전해져 왔다.

나는 진정 어떤 글을 쓰고 남기고 싶은 걸까?

기다림

오후 해가 길게 늘어지는 한 여름, 땀을 훔치며 대문을 드르륵 밀었다. 아침에 그 많던 가족들은 다 어디로 갔는지. 오소소 한 한 기가 물씬한 빈집만이 나를 맞이했다. 배가 살짝 고팠다. 밖에 친구들이 떠드는 소리에 배고픔도 잊고 들고 있던 책가방을 집 안으로 휙 던져버리고 뛰어나갔다. 몇 시간을 놀다 들어와도 행상 나간 엄마는 돌아오지 않았다. 늘어지게 낮잠을 자고 일어나도 엄마는 감감소식이다. 70년대 내가 초등학교 다니던 시절은 항상 엄마 품을 그리워했다. 한집에 살면서도 삶의 현장에서 늘 바쁘고 피곤한 엄마는 나와 상대해 줄 시간이 없었다.

"배추 사세요." "참외 사세요." 긴 목이 자라목이 되도록 채소나 과일을 머리에 이고 이 동네 저 동네 발이 짓무르도록 걷고 있겠지. 아마도 머리에 이고 나간 물건이 다 팔릴 때까지 돌아오지 않겠지. 그것을 다 팔아야 가족이 먹고 입고 아이들 학교에 보내고 할 터이니…. 그렇게 엄마의 하루는 내 하루의 열 배 이상의 에너지를 소모하고서야 저녁을 맞이하곤 했다.

현관 앞에 집 나간 신발들이 하나둘 제 자리를 찾고 주린 배가 등가죽에 달라붙을 무렵 축 늘어진 엄마의 긴 그림자가 집 안으로 걸어 들어왔다. 눈이 빠지게 목을 주억거리며 동네 어귀를 쭈뼛대던 나는 멀리서 들리는 희미한 엄마의 신발 소리도 금방 알아챘다. 지친 다리를 끌고 걸어오는 소리조차 그렇게 반가울 수가 없었다. 피곤한 육신이 기댈 집으로 돌아왔다는 안도감과 가족들의 환대에 일순 엄마의 얼굴도 환해졌다.

기다림은 그렇게 사람을 주억거리게 한다. 두근거림과 설렘으로 사랑하는 사람을 기다리고, 저녁이면 집 나간 가족들이 돌아와 함께 할 밥상을 기다리고, 출가한 자녀와 손주가 이제나저제나 올까 해서 기다리고, 삶에 절절한 성공 신화를 기다리고, 세상사 가슴 시린 사연들이 잊히길 기다리고, 사소한 다툼이 발화되어 나라 간의 전쟁까지도 불사하는 이념의 벽이 무너지길 간절히 기다리기도 한다. 모든 기다림은 그러한 간곡함에서 시작하는 것이 아닐까?

무언가를 묵묵히 기다린다는 것은 그것을 향한 아련한 정서가 있기 때문이리라. 비가 오면 비가 오는 대로, 눈이 오면 눈이 오는 대로, 바람 불면 부는 대로, 해가 쨍하게 밝으면 밝은 대로 그때마다 무언가를 추억하며 어스름 상념에 잠긴다. 창밖의 분위기는 늘 흐릿한 기억 속으로 나를 데려다 놓는다. 누구를 기다리는 것도 같고, 어떤 상황을 기다리는 것도 같다. 막연한 감정의 가닥가닥 정조情操가 가슴 밑바닥에서 스멀스멀 기어 올라온다. 기억의 저편에서 허우적대다가 찌릿한 광체가 안구를 통해 뇌에 전달된다. 순간 '내가 왜 이래?' 하고 체머리를 흔든다.

어린 시절, 엄마를 곡진曲盡이 기다리던 정서가 내 온 영혼을 기다림으로 옷 입혔는지 모르겠다. 어쩌면 엄마를 향한 아련한 그리움이 내 정서가 고착된 시발점이 되었는지도….

암울했던 20대, 아무리 기다려도 무언가 나아질 것 같지 않은 현실을 도피 하듯이 결혼이라는 관문으로 향했다. 보통의 사람들 정서에 따라 당연히 거쳐야 하는 순서처럼 내 삶에 적극적으로 관여하지 못했다. 그렇게 묵묵히 시간이 잘 흘러가고 있는 줄 알았다. 아무런 불편함이 없는데도 현재는 갑갑함에 연속이다. 지금껏 내가 기다리던 것이 가슴 절절한 사랑의 순간이었는지. 세상 속 공중 권세였는지. 막연한 기회나 어떤 극적인 상황이었는지…. 아니, 어쩌면 나는 매 순간 기적을 기다리고 있었는지도 모른다. 삶은 그렇게 제 앞에 덫을 묻어 놓고 살아가고 있는 것은 아닐까. 판도라의 상자처럼 각자에게 나눠진 그것을 열어보느냐 마느냐 하는 순간의 선택으로 나누어지는 것은 아닐까.

플로베르 소설《보바리 부인》은 가난한 농부의 딸이 이상을 쫓아가는 현실을 이기지 못해 환멸과 절망에 빠지는 과정을 그리는 소설이다. 갑갑한 현실과 이상적인 자아 사이에서 기다림에 지친 그녀가 택한 길이었다. 이 소설로 '보바리즘'이라는 용어가 생겼다. 현실적인 자아가 이상적인 자아를 제어하지 못하고 오히려 이상적인 자아가 현실적인 자아의 덫에 걸려서 숙명적으로 난파하고 마는 인간의 나약한 현상을 말한다.

가끔은 감정의 출렁임에 순응했던 보바리 부인이 부러운 순간이 왜 없었겠는가. 젊은 날의 꿈과 이상은 마른모래 알갱이처럼 손가락사이로 스르륵 빠져나가고 눈앞에 현상은 늘 숨이 막혔다. 그 괴리를 극복할 만한 용기도 능력도 부족하고 성격상 박차고 나가지도 못했다.

믿음이라는 너울을 쓰고 내 안의 욕망과 아집을 단단히 포박하여 신의 품으로 피신했다. 신앙인이라는 바코드만 들이대면 세상의 어려움쯤은 얼마든지 감사로 채워졌다. 그러면서 고난을 이겨내는 마음의 근육도 조금씩 늘어났다. 가끔은 문학과 영화의 힘을 빌려 매직 홀로 뛰어든다. 가상 속을 넘나들며 내 삶의 격정을 순화시킨다. 이상적이었다가 이성적이었다가 적어도 그 안에서는 자유로운 내 영혼이었다. 그러면서 세파를 견디는 질서가 잡히고 나를 바로잡는 데드라인이 만들어지곤 했다. '아, 나만 힘들고 슬픈 게 아니었구나!'

다시 돌아온 눈앞의 현실은 비 내리는 창밖을 바라보며 무언가

를 간간이 기다리는 소심한 소시민일 뿐. 아니, 어쩌면 마음에 와
닿는 기회의 순간이 오지 않아 기다림의 연속일 뿐인지도 모르겠
다. 영원히 끝나지 않는 시시포스의 형벌처럼….

등에 대한 성찰

등은 말이 없다. 침묵의 근육으로, 하루하루를 버틴다.

오래전부터 목에서 시작한 통증이 어깨를 통해 등줄기까지 내려왔다. 통증이 올 때마다 며칠 주사 맞고 치료받으면 다시 거뜬했다. 그렇게 20여 년이 지나도록 묵묵히 버텨주던 등이 어느 날 잠을 못 이룰 정도로 고통스러웠다. 병원을 찾았다. 목에서 시작한 통증이 생활 습관 등 여러 요인으로 인해 등 전체가 굳어가고 있었다.

나는 늘 앞만 보고 살았다. 앞으로 걷고, 앞을 꾸미고, 앞날만 생각했다. 그러나 삶의 무게는 언제나 내 등 뒤에 놓여있다. 몸의 중심은 언제나 '뒤'에 있었다. 고개를 들고 걷는 것도, 깊은 한숨을 견디는 것도 모두 등이라는 조용한 기둥 덕분임을 뒤늦게서야 깨닫는다.

　의학적으로 등은 단순한 구조물이 아니다. 척추는 중추신경계를 담은 생명의 기둥이다. 등을 구성하는 근육들은 우리 자세와 균형, 숨쉬기와 소화까지 영향을 미친다. 특히, 등뼈 주변의 신경은 자율신경계와 깊은 관련이 있다. 이곳에 긴장이 지속되면 위장 장애, 호흡곤란, 불면, 두통 등 다양한 증상이 생길 수 있다. 또한, 등 근육은 상체의 움직임과 자세를 유지하는 핵심 역할을 하며, 등에서 시작된 긴장은 곧 어깨 통증, 목 디스크, 팔 저림, 심지어 허리 통증으로 이어진다.

　어깨뼈 사이, 날개를 잃은 듯 뻐근하고 묵직한 그 부위. 알고 보니, 그곳이 내 몸에서 가장 먼저 피곤을 느끼고 지치는 자리였다. 등이 아프기 전엔, 등이 내게 말을 건 적이 없다. 오랜 시간 묵묵히 내 삶을 지탱했던 그 무게가 힘겨웠다고 신호를 보내왔다. 무심히 짊어진 가방처럼, 나 자신에게 너무 오래 무관심했다는 걸 깨달았다.

　지난 몇 년 동안 밤잠을 제대로 잘 수 없었던 이유가 있었던 거였다. 물리치료사 앞에 엎드려 자리를 고르며 문득 느꼈다. 나도 모르게 얼마나 오랜 시간 등을 외면해 왔는지를. 긴 시간 앉아 있을 때, 무거운 감정을 짊어질 때, 피로를 인식하기도 전에 먼저 굳어가는 것은 언제나 '등'이었었구나.

　의사는 말했다. 등에는 척추가 있고, 척추에는 삶이 흐른다고.

그 안에 자율신경이 지나고, 내장 기관의 균형을 잡는 중심이 있으며, 삶의 자세도 거기서 비롯된다고.

등은 결국 '인간의 존엄'을 세우는 자리였다. 이제야 나는 등을 다시 배우고 있다. 몸의 중심이 단지 배와 가슴에 있는 것이 아니라, 등에서부터 흘러나온다는 사실을. 그리고 진정한 회복이란, 등을 고치고 등을 이해하고 등을 쉬게 하는 것임을.

등이 틀어지면, 삶이 틀어진다. 어깨는 굳고, 목은 비틀리고, 결국 마음마저 기울어지고 만다. 그러다 보면 삶은 점점 피폐해지고 사람들과의 간격에 틈이 생긴다.

등은 '자신이 볼 수 없는 자신'이다. 거울을 통해서만 겨우 확인할 수 있는 내 뒤편의 세계는, 우리 내면처럼 잘 보이지 않지만 삶을 견디게 하는 기둥이었다.

한자로 '등背'은 '짊어진다.'라는 의미를 품고 있다. 되돌아 생각해 보니 내가 가족의 일원으로서 짊어진 시간, 말없이 감내한 사회적 무게, 삶의 기억과 피로와 버텨냄, 이 모두가 등 덕분에 견뎌냈던 것이었다. 지치고 힘들 때 등을 기대고 앉으면 숨이 쉬어지는 게 그런 이유였을까?

철학자 칼 구스타프 융이 말했다.
"우리가 의식하지 못한 그림자가 삶을 지배한다."
어쩌면 등은 우리 몸의 '그림자'가 아닐까. 늘 뒤에 있으나, 삶의 방향을 제시하며 중심을 잡아주는 것이 등이었음을 새삼 깨닫는다.

   다락방

말없이 등을 밀어주는 어떤 사랑처럼, 등을 생각하는 것은 곧 나를 되돌아보는 일.

마음을 다잡고 앉아 명상할 때, 나는 이제 등을 곧게 세운다. 숨을 들이쉴 때마다, 척추를 타고 맑은 기운이 등줄기를 감돈다. 숨을 내쉴 때마다, 오래된 무게들이 등을 타고 고요하게 흘러내린다. 선禪은 등으로 내려앉는다. 등이 고요해질 때, 비로소 마음도 비워진다. 바로 그때, 침묵 속에서 등을 통해 나를 다시 만난다.
등은 여전히 말이 없다. 그러나 가장 깊은 곳에서, 몸과 마음의 균형을 가르쳐주는 가장 큰 스승으로 천천히 다가온다.

나와 놀아주기

분명 나는 군중 속에 있다. 시끄럽고 왁자지껄한 소리 안에 갇혀있다. 눈은 먼 곳을 응시하고 있다. 이야기 속에서 벗어나 먼 다른 언어를 꿰어맞추고 있다. 줄줄이 엮는 일상의 언어가 아니라 우주를 떠도는 언어를 듣고 말하고 웅얼거린다. 그러나 실제는 묵음이다.

인간은 자기가 남기고 온 것들에게서 벗어날 수 없다. 일상의 사슬을 끌어안고 일탈할 수 없음이다. 습관적으로 그것에게 시선을 돌린다. 마음속으로 끊임없이 그것을 그리워한다. 유체 이탈한 언어와 사고가 주변을 빙빙 돈다.

내게는 주기적으로 찾아오는 이가 있다. 밀어내고 싶지도 않고 달가운 사이도 아닌 손님이다. 가끔 조용히 와서 한참 머물다 간

다. 예고도 없이 밀물처럼 쏴 왔다가 썰물처럼 차르륵 쓸려 내려
간다. 그가 머무는 동안 내 안은 요동을 친다. 시끄럽다. 그러나
사방은 고요하다. 공허, 허무, 고요, 슬픔, 아련함, 쓸쓸함, 빈 마
음 이런 것들이 나뒹군다.

　매일 반복되는 형벌 같은 일상에서 새로움을 찾고 싶었다. 몸
은 인간사에서 벗어날 수 없지만 정신세계만은 내 자율적으로
조종하고 싶었다. 인인애隣人愛와 책임감과 의무감 그리고 욕망
까지도 다 던져버리고 빈 몸으로 훨훨 날고 싶었다. 그럴 때면 겨
드랑이 밑에서 조그마한 무언가가 간지럽힌다. 몽실몽실 가려운
듯 자꾸만 속삭인다. '날아봐~ 어서 날아봐~' 두 팔을 벌려 하늘
로 몸을 가볍게 뛰어보았다. 마음이 두둥실 하늘 위를 날아가고
있다.
　일상에서 벗어났다. 소음에서도 벗어났다. 한적한 강가 아무도
없는 그곳, 혼자만의 생각 속에서 나는 멋진 주인장이다. 누구도
나를 지시 할 수 없다. 걷고 생각하고 노래하고 춤춘다. 황홀한 고
독이다. 조용히 바람을 맞으며 생각의 끝을 갈무리하고 깊은 사
색의 뜰로 나간다. 근심 걱정 없는 멍한 존재감. 그냥 거기 내가
있음이다. 혹자는 명상이라 하고 고독이라고 말하는 실체가 없는
무아의 경지로 들어감이다. 내적 세상으로 향했다.

'내적 세상'은 "세상에서 동떨어져 자신 안에서 홀로 제2의 삶을 사는 비밀스러운 세상이다."

- 토마스 드 퀸시(Thomas De Quincey) -

가끔은 생각을 비우고 세상 걱정을 뒤로하고 자기만의 비밀 세상에서 머리를 식히고 돌아옴이 정신건강에 좋다. 우리는 너무 복잡한 세상에 살고 있다. 풀리지 않을 만큼 실타래가 얽히고설키어 감당이 안 되는 상황이 몰아칠 때 눈을 감아 보라. 캄캄한 어둠 안에서 잠시 긴 숨을 들이켜 호흡을 고르라. 몇 번 반복하다 보면 호흡이 잔잔해지며 분명 빛이 보이리라. 잔잔한 목소리도 들릴 것이다. 내 안에서 나를 부르는 소리이다. 나를 찾아야만 앞이 보인다. 중심을 잡고 내가 부르짖는 소리에 귀를 기울여야 한다.

사람들은 대부분 자기 어깨를 누르는 삶의 무게를 짊어지고 앞만 보며 꾸역꾸역 걸어가고 있다. 나를 뒤로하고 오직 보이는 것은 눈앞의 탐욕이다. 결국 마음이 고장 난 신호를 보낸다. 이 신호를 잘 받아들여야 정신건강에 이롭다. 때로는 잘못된 신호를 받아서 거리로 뛰쳐나가 난동을 피우며 흉기를 휘두르고 무고한 시민들을 괴롭히고 희생시키기도 한다.

부처는 마음 챙김에 대하여 삼매三昧를 말한다. 잡념을 버리고 어떤 것에도 집착하지 않으며 사람의 몸을 몸으로 응시하며 머무는 것. 진정으로 고결한 머묾, 신성한 머묾, 진정한 사람의 머묾은

다락방

들숨 날숨에 있다. 곧 해탈解脫을 말함이다.

세상에서 벗어날 수 없으나 세상의 애착을 버려야 마음 안에 평안이 온다. 자아에서 벗어나 자유로울 때 비로소 내 안의 소리에 귀 기울일 수 있다. 감정이나 모순적 감정에 더 이상 흔들리지 않는 고요하고 명료한 마음 상태를 준비해야 한다. 가장 좋은 방법은 자연에 머무는 것이다. 자연은 우리가 낙심하지 않도록 우리의 시선을 바깥으로 향하게 만든다. 자기 마음을 챙기는 의식이다.

- 바람을 맞고, 하늘을 바라보고, 숲길에서 맨발로 걸어보라.
- 온몸으로 비를 맞으며 걸어보라.
- 붉게 타오르는 노을을 바라보며 깊은 숨을 몰아쉬어 보라.
- 밤하늘 별빛을 바라보며 밤공기에 취해 보라.
- 떠오르는 해 혹은 지는 노을빛이 수면 위에 떨어지는 윤슬의 마법에 빠져 보라.
- 어두운 방에서 촛불을 켜고 나와 불빛만을 응시하며 깊은 상념에 잠겨보라.

이제 눈을 감고 깊은 사색의 뜰을 천천히 걸어보라. 절대 고독으로 들어가는 신독愼獨의 시간이다. 이제 서서히 친구가 찾아와 그대 손을 꼬~옥 잡으리라.

존재의 길을 찾아서

춘란 화분이 깨졌다. 깨진 화분을 추스르다 보니 잎에 비해 엄청난 뿌리들이 보인다. 거대한 뿌리는 한 주일 넘게 물을 주지 않아도 끄떡도 없다. 거기서 봄이면 다시 솟는 많은 새싹, 그 강한 힘의 원천은 뿌리였었구나.

순간 나의 뿌리는 어디 있을까. 내 숨소리의 근원은 어디일까. 내 뿌리는 아직도 제 땅을 찾지 못하고 말라가고 있는데. 덤덤함으로 일상을 덮고 숨죽이고 살아가지만 내 안에 소리 없는 아우성이 절규하고 있었다. 가끔은 허전하고 굶주린 듯 허덕이고 있는 나였다. 갈증을 해소하려 멈춘 곳에서 빨대를 꽂고 해갈을 꿈꾸지만 언제나 목이 말랐다. 그 때문인지 잦은 이동을 하게 되었다. 뿌리 없이 떠도는 삶. 길을 나서서 길을 만나고, 또 다른 길을 찾아 정처 없이 발을 떼었다. 수많은 길이 거미줄처럼 나를 혼동 시

컸다. 어떤 길로 들어서야 할지 막막했다. 목표를 세워 가다가도 세상 온갖 변화무쌍함에 목적지를 놓치기 일쑤다. 길을 나서서 얼마 되지 않아 다시 서성이고 있다. 또 길을 잃고 만다. 내가 벌써 알츠하이머 환자라도 된 건가.

　제주행 비행기를 탔다. 옆자리의 외국인이 연필과 수첩을 꺼내더니 왼손으로 사삭사삭 글을 쓴다. 오랜만에 들리는 연필 소리가 신선하다. 갑자기 나도 글이 쓰고 싶어졌다. 스마트 폰, 노트 기능을 켰다.

　- 시간을 조리질 하다가 길을 잃었다. -

　이렇게 한 줄 쓰고 멈췄다. 붉은색 커서가 정지 신호등처럼 깜빡깜빡. 나는 지금 어디로 향하고 있는가. 무엇을 찾아 헤매고 있는가. 문득 공항철도 안에 붙어 있던 광고문구가 생각났다. 하늘길, 바닷길, 땅길…. 몽롱하게 먼 이국땅에라도 다녀온 듯 생각에 잠겨있을 때, 그새 꿈결인 듯 기내 스피커에서 곧 제주공항에 도착한다는 안내방송이 들린다. 창밖에 햇빛이 눈부시게 밝다. 멀리 보이는 제주 섬 곳곳에 엉킨 실타래처럼 갈래갈래 길들이 보인다. 유난히 밝은 햇빛 아래 바다로 향하는 길, 오름으로 향하는 길, 숲으로 향하는 길, 장터로 향하는 길, 그리고 구석구석 마을길…. 섬 주변으로 일명 해변도로가 크게 타원을 그리며 길고 시원하게 뻗어 있다. 문득 그 길을 아우토반처럼 폭풍 질주하고 싶은 욕구가 밀려왔다.

사람들 사이에 오가는 길이 있다. 인연으로 맺어진 사람 길, 내 안에 수많은 마음 길…. 그 길 위를 역행하지 않고 가노라면 현실은 꾸역꾸역 내게 어떤 결과를 종용했다. 책임을 져야만 하는 일이 코앞에 기다리고 있었다. 사정에 끌려가다가 상처받고 돌아서기도 했다. 더러는 사람에게서 벗어나려다 오히려 사람에 갇히는 꼴이 되기도 했다. 물리적 공간에서 벗어나 인간 바리케이드가 더 숨통을 조여왔다. 피아노 줄 같이 팽팽하고 강한 투명 끈이 나를 삶의 굴레에서 이리저리 잡아끌어 조종하고 있는 것 같았다. 보이지도 않고 강요받지도 않았지만, 투명한 그것들이 소리 없이 나를 옥죄어 올 때, 안간힘을 다해 붙들고 있던 것들을 미련 없이 툭 놔 버리고 싶었다. 책임과 의무감을 훌훌 벗어 버리고, 체면도 남의 눈도 의식하지 않고 흐느적거리며 숨만 쉬고 싶었다. 혼자만의 방에 자신을 가두고 몇 날 며칠 아무도 나를 찾지 않았으면 했다. 다시 고독해지고 싶었다. 고독할 때 비로소 내 안의 나와 마주하는 시간이 찾아오곤 했다. 텅 빈 충만! 모든 것 속에 내가 있으나 그 어떤 것 속에도 내가 없었다.

풀 한 포기 없는 이 길을 걷는 것은/ 담 저쪽에 내가 남아 있는 까닭이고,/ 내가 사는 것은 다만,/ 잃은 것을 찾는 까닭입니다 /

〈길〉이라는 시에서 윤동주 시인은 그렇게 노래했다. 담 저쪽에 내가 남아 있다는 그 길, 그 길에 내가 남겨 놓은 것은 무엇일

까. 가시밭 돌밭 같은 이 길을 벗어나면 평평한 푸른 초원이 펼쳐
질까. 그 길 끝에 내가 설 수 있을까. 흩어져 있던 나그네의 마음
이 그곳에 닿으면 거기서는 더 이상 마음이 수선스럽지 않고 평안
할까.

　희망의 끈을 놓지 못하고 오늘도 풍선을 불었다. 내 마음도 그
풍선 속에 함께 구겨 넣었다. 하늘 높이 날아 올라간 그 풍선이 담
저쪽 어딘가에 착륙하여 굳게 뿌리내리기를 빌면서….

지금, 이 순간

내게는 오랜 습관이 있다. 새벽에 일어나 일기를 쓴다. 대부분 하루를 마감 지으며 저녁에 일기를 쓰지만, 초저녁잠이 많은 나는 일찌감치 잠자리에 든다. 새벽에 일어나 조용히 사부작거리며 하고 싶은 일들을 찾아 지내다 보니 습관이 되었다.

밤새 억수같이 내리던 비도 딱 그쳤다. 자동차도 없는 한적한 거리, 비바람에 흐트러진 가로수 잎들이 도로에 나뒹굴며 어지럽혀져 있다. 가로등과 깜빡이는 신호등 그리고 가로공원에 환한 전등 불빛이 따뜻하게 나를 맞는다. 새벽기도 다녀와 따끈한 차 한 잔을 들고 서재로 들어간다.

지금부터가 진짜 행복한 나만의 시간이다. 가족, 친지, 친구, 이웃들을 생각하며 못다 한 기도와 함께 묵상으로 이어진다. 묵상은 또 시가 되고 수필이 되기도 한다.

전화벨이 울렸다. 남편이다. '이 새벽에 무슨 일?' 조금 전 어렴풋이 현관 문소리가 들렸는데, '산책하러 나간 것 아니었나?' 이런 저런 생각 하며 전화기를 들었다.

"여보, 오늘 하늘이 예술이야. 개천물도 맑고 엄청 많이 흘러. 바람도 살랑살랑 너무 좋다. 함께 걸을래?"

어젯밤 밤새 폭우와 천둥번개로 밤잠을 설쳤다. 곤히 잠든 남편이 깰세라 살금살금 걸어 나와 내 일정을 챙겼다. 평소 남편도 이른 아침 공원과 천변을 걸으며 몸과 정신을 깨운다. 각자 자가가 좋아하는 방법으로 하루를 시작하며 아침을 맞는 풍경이다. 그 좋은 일상 속으로 나를 초대했다. 순간 정적이 흘렀다. 나는 아직 나의 일정 속에서 머물러야 할 시간. 갈등이 생긴다. '어쩌지?' 하긴 나도 지난밤 폭풍우 속에서 천변 풍경이 어떻게 변했을지 궁금했다. 게다가 하늘이 예술이라니. 바람은 또 살랑살랑 유혹하고 개천물 소리가 콸콸 빠른 속도로 흐르겠지. 그래도 안 돼. 지금, 이 순간 나만의 시간을 망칠 순 없지.

"아니, 그냥 참을래….".

전화를 끊고 쓰고 있던 일기장으로 눈을 돌렸다. 순간 자꾸만 눈에 하늘이 아른거리고, 개울 물소리가 들리고, 시원한 바람의 감촉이 나를 유혹한다. 그러면서 드는 생각이 이 일은 나중에도 할 수 있다. 지금, 이 순간, 이 느낌은 다시 오지 않는다. 똑같은 하늘 똑같은 공기가 아니다. 어제는 지나갔고 또 다른 내일이고 다른 날이다. 함께 할 수 있는 사람이 달라질 수도 있다. 불현듯 드는 생각에 망설임 없이 일기장을 덮었다. 한 손으로는 빠르게 선크림을 얼굴에 바르며 모자와 선글라스도 챙겼다. 후다닥 현관을 나서며 전화를 건다.

"여보 나 지금 당장 갈래. 지금 아니면 안 될 것 같아서…. 호호"

과연, 파란 하늘에 하얀 뭉게구름 두둥실, 가을바람을 연상케 하는 신선하고도 차가운 바람이 코끝을 간지럽히고, 천변이 범람하여 수초가 누워서 물살에 콸콸 쓸려나가는 풍경과 그 소리가 속이 뻥 뚫리는 것처럼 시원했다. 마치 정체되어 있던 내 안에 감정 쓰레기들이 저 물결에 거침없이 쏟아져서 내려가고 있는 것 같았다. 천변에 설치된 분수대 안에도 물이 가득하여 아가들 수영해도 될 정도였다. 지난 며칠 동안 장마로 습기와 열대야와 싸우며 지낸 시간이 무색할 정도였다. 지난밤 유례없이 천둥번개가 3,000번 이상 쳤다는 보도가 있었다. 덕분에 잠도 제대로 못 자고 일어났지만 언제 그랬냐는 듯 상쾌한 아침이 환한 미소로 웃고 있었다.

"사람은 극복되어야 할 그 무엇이다."
"분노와 증오 그리고 사랑에 대하여도 너의 힘 전부를 원하고 있다."
니체의 말처럼, 비장했던 내 각오가 하찮은 선서가 될 수도 있

음을 기억해야겠다. 소중한 한순간을 놓치지 않으려면 늘 깨어있
어야 할 것이다.

사람은 무엇으로 사는지.

나를 깨우는 것이 무엇인지.

혹은 당신을 잠 깨우는 것이 무엇인지 잘 살펴볼 일이다.

"좋은 집이란 구매하는 것이 아니라 만들어지는 것이어야 한다."

- 조이스 메이나드 -

2장

제주 돌담처럼

부초처럼

　제주의 바람은 폭우와 함께 온다. 마치 위험 앞에 포효하는 수사자의 그것처럼 광란의 도가니다. 거침없이 몰아치는 폭풍우로 거리는 온통 아수라장이다. 태풍과 해일이 함께 난동을 친다. 우르릉! 번쩍! 천둥번개가 몰려오면 소용돌이치던 그것은 그 위세가 더욱 당당해진다. 거대해진 그것은 주체할 수 없는 힘이 되어 알 수 없는 수렁 속으로 휘몰아간다. 이쯤 되면 인간은 하잘것없는 미물이 된다. 자신들이 만들어 놓은 방주 안으로 숨어 들어가 그것이 멀어져 가기를 숨죽이며 기다린다. 가끔은 헐거운 방주에서 밀려나 거침없는 폭풍우 속으로 휘말려 들어간다.

　제주에 비바람을 견딜 수 있는 단단한 집을 짓고자 몇 달째 난투 중이었다. 하드웨어가 멋지게 만들어지면 그에 못지않게 튼튼

한 탯줄을 잡아 소프트웨어까지 업그레이드되기를 바랐다. 안팎으로 멋진 방주가 만들어지기를 은근히 기대했다. 건축 설계 도면이 나왔다. 건축업자를 만나고, 계약하고, 선수금이 오가고 모든 것이 순조로웠다. 기초가 어느 정도 될 때까지는 그랬다. 1월 초부터 시작한 공사였다. 제주는 특히 겨울에 자주 비바람이 불고 날씨가 좋지 않았다. 옛 어르신들께서 무언가 큰일을 도모할 때는 모든 운이 따라줘야 한다고 하셨던 말씀이 생각났다. 건축의 기본이 되는 큰 공사를 진행하는 날이면 오히려 하늘이 방해했다. 날이 지연되는 것은 다반사고, 일꾼들이 없고, 자재가 동이 나고…. 아무튼 핑계인지 진짜인지 건축업자는 자주 자리를 비웠다. 전체 공정의 60% 정도 진행된 상태였다. 그 와중에 이런저런 이유로 건축비는 90% 이상 건너간 상태였다. 2층을 올리기로 한 상태에서 골조 뼈다귀만 앙상한 채 날짜만 가고 있었다. 속에서 천불이 나고 매일 우락부락 좋은 말이 오갈 리가 없었다. 결국 우리가 원하는 조건들은 배제한 채 추가 건축비를 요구하고 옥신각신 난투극이 이어졌다. 건축업자는 '옳다구나' '이때다.' 싶었는지 손을 떼겠다고 엄포를 놨다. 사실 그즈음 제주는 건축 붐이 일어서 업자, 기술자, 자재까지 파동이 일고 있었다. 그러니 그들의 횡포가 연일 뉴스에 속사포처럼 쏟아졌다. 사기 맞고 부도나는 일도 다반사였다. 두 달 넘게 공사는 중단되고 괴물 같은 아시바(건축 중 외관 공사를 위한 임시 설치물)가 가슴을 답답하게 짓누르고 있다. 남편은 없던 고혈압까지 생기고 신경과민으로 매일 우리 부부는 언성이 높아만 갔다. 급기야는 다 팽개치고 떠나고 싶을 만큼 심각한 위기에 처하게까지 되었다. 결혼생활 30년 최대의 위기였다. 모든 게 아수라장이 되었다.

손수 집을 지어 입주한다는 것은 꿈인 듯했다. 언제나 그랬다. 안주하려고 하는 순간부터 모든 것이 비틀어지고 있었다. 마치 나는 한 곳에 오래 거주하면 안 되는 사람처럼 무슨 일인가 불쑥불쑥 생겨났다. 오랫동안 준비했던 귀촌에 대한 꿈이 조금씩 구름 너머로 달아나고 있었다.

건축업자는 손 털고 가버린 상태에서 이렇게 주춤거리며 마냥 눈치만 보며 기다릴 수는 없었다. 여기서 헤어나갈 길을 찾아야 했다. 남편을 설득했다. 건축에 대하여 일자무식이지만 우리가 직접 팔 걷어붙이고 한번 해보자고, 부딪쳐 보자고 했다. 안 되면 되게 하고, 부딪치면 넘어가고, 그래도 안 되면 사람을 구해보고, 또 안 되면 그때 가서 생각하기로 했다. 결국 주변 지인의 조언을 받아 새벽부터 밤늦은 오후까지 우리는 공사판에서 혼불을 태웠다. 한여름 뙤약볕 아래 흘린 피땀이 지붕을 만들고, 검게 그을린 온몸이 외벽을 만들었다. 조금씩 자신감이 생기고 요령도 생겼다. 하지만 아직도 가야 할 길이 태산이다. 시원한 가을바람도 우리 안에 열을 식히지는 못했다. 5미터 외 사다리를 타고 외벽을 마무리하고 페인트칠했다. 다리가 후들후들 떨리는 것은 이제 아무렇지 않았다. 나무를 심고, 잔디를 심고 그렇게 10월 가을이 가고 겨울이 다가오고 있었다. 드디어 준공이 났다. 아들과 함께 세 식구 몸무게가 각각 5~6kg씩 빠졌다.

거대한 폭풍이 휘몰아치고 지나갔다. 내 방주는 아직도 썰렁했다. 완전하지 못했다. 세상에 완전함이란 없었다. 그저 완전을 향해 갈 뿐이다. 목표를 향해 가지만 막상 그 지점에 가보면 허전했다. 삶의 목표나 희망은 계획을 세우고 바라볼 때 행복한 것인가. 내가 뿌리 내리려 하는 순간 그것을 방해하려는 세력이 더 춤을 춘다. 어쩌면 내 심연에 뿌리 깊은 잔재로 남아 있는 유전자가 나를 부초처럼 떠다니게 하는 걸까. 의식으로 가장한 무의식의 세계, 여자인 나는 평안한 땅의 안주를 원했다. 하지만 내 안에 또 다른 남성 근성이 나를 부추긴다. 속삭인다. 명령한다.

'가라!' '떠나라!' '행하라!'

당분간 이 명령이 귀를 쟁쟁하게 울리며 나를 이끌 것 같다.

그 여자의 집

하얀색 둥근 철재 아치 위로 붉고 탐스러운 장미가 주렁주렁 열렸다. 장미 아치를 지나자 엷은 초록 카펫을 펼쳐 놓은 듯 폭신한 잔디 위에 햇볕 서너 말쯤 나뒹굴고 있다. 제멋대로 잘린 검은 화산석이 잔디 사이사이 징검다리처럼 현관과 이어져 있고, 잘 다듬어진 소나무 한 그루가 텃밭과 잔디정원 사이에 비스듬히 게으르게 누워있다. 잔디 주변 바위틈 구석구석엔 수십 종의 꽃들이 '나 여기 있지' 하고 수줍게 얼굴을 내민다. 사철 피어나는 온갖 꽃들이 오래전부터 그 자리의 주인인 양 자연스럽다. 주물로 만든 모자이크 문양의 유리 현관문을 들어서니 집안 가득 햇살이 쏟아져 들어와 왁자지껄 시끄럽다. 동향인 거실과 주방의 큰 창문으로 흩어지는 오전의 밝음에 순간 눈이 아득하다. 커다란 액자 모양 주방 창가 유리컵에 담긴 연초록 아이비잎들이 재잘거리고 있다.

제주 돌담처럼

창 너머 돌담집에 감귤나무 열매들이 한창 익어가고 있다. 얇은 시폰 원단에 들꽃 무늬 커튼이 바람에 휘날리며 거실 안쪽으로 춤추듯 너울거린다. 빈티지 화이트 풍 벽, 나무의 결이 빛을 받아 더욱 도드라져 보인다. 밝고 환한 것을 좋아하는 그 여자의 집 풍경이다.

여고 2학년쯤, 집안 누군가에 의해 가세가 기울고 하루아침에 살았던 집이 사라지고 말았다. 졸지에 식구들이 뿔뿔이 흩어졌다. 대학은 꿈도 못 꾸고 아르바이트하며 남은 학업을 마쳤다. 부모 슬하에서 온 가족이 한솥밥을 먹으며 산다는 것이 얼마나 큰 축복인지 여자는 나중에 깨달았다. 사람들은 때로 잃고 나서야 소중한 것이 무엇인지를 깨닫는다. 식구들은 각자 흩어져서 자기 살길을 찾느라 바빴다. 언니들은 일찍 결혼하고 오빠들도 자기 갈 길을 찾아 지방으로 또는 미국으로 떠나버렸다. 결국 부모님과 동생과 여자, 넷이 살게 되었다. 정 들만하면 짐을 싸 떠나야 했고 이유 많고 사연 많은 나날이 이어졌다. 엄마는 정든 집 잃은 충격에 뇌졸중으로 몸져누웠고, 아버지는 이미 연로하였다. 여자는 선택의 여지 없이 집안에 가장이 되고 말았다. 먹고사는 일이 녹록지 않았다. 20대 꿈 많았던 청춘을 직장인 대학병원에서 환자들과 씨름하며 살았다. 외과 병동 3교대, 한때는 세상이 싫어서, 밝음이 싫어서 남들이 피하는 밤 근무를 자처했다.

그즈음, 20대 중반, 결혼 적령기에 들자 졸지에 한꺼번에 소개 팅이 들어왔다. 소개받은 남자들을 두고 고민을 거듭했다. 고층 건물을 쌓았다 부수고 수많은 질문을 혼자 묻고 답했다. 침묵 수 도원에 들어가 높은 곳에 계신 분께 여쭙고 세상의 계산기도 두드 려 보았다. 드디어 한 남자를 결정했다. 대학 강사도 있었고, 고 등학교 교사로 신앙 좋고 무난한 사람도 있었는데 세상의 눈으로 는 가장 아니었던 그를 택했다. 그때쯤 여자에게는 근거를 알 수 없는 자신감과 오만함이 있었다. 어떤 사람과도 잘 살아낼 자신 이 있었다. 외모가 준수하고 성품도 온순하고 옷을 취급하는 사 람이며 수입도 꽤 괜찮은 것 같았다. 무엇보다 여자하고 비슷한 가정사에 마음이 끌렸다. 사춘기부터 겪은 풍랑(?) 덕분에 '적어 도 이 사람과는 평탄한 삶은 살겠구나.' '좋아하는 옷은 실컷 입겠 네.' 생각했다.

마음이 움직이기 시작하더니 결혼까지 6개월 안에 일사천리로 무사히 끝냈다. 엄마 살아생전에 여자의 결혼만이라도 보고 떠나 야 한다는 집안 어른들의 간섭도 한몫했다. 친정엄마는 여자의 결혼은 보았지만 결국, 결혼 후 첫 아이 얼굴도 못 보고 먼 곳으로 서둘러 떠나가셨다.

아이러니하게도 단칸 월세방인데 비로소 내 집을 찾은 것 같은 안정감이 들었다. 그는 자상하고 책임감 있는 사람이었다. 성실 함 덕분에 나날이 살림이 늘었다. 워낙 처음부터 가진 것이 없으니, 자산이 늘어도 그리 풍족한 생활은 아니었지만, 마음만은 풍요로웠다.

결혼하고도 수시로 이사를 했다. 내 소유의 집을 갖기까지 6번의 이사를 했다. 그 뒤로도 수없이 반복되던 이사 횟수를 세기도 민망했다. 서울에서 십여 번, 사업차 중국으로, 다시 한국으로, 또 제주로… 그때마다 변명하듯이 하는 말이 좀 더 나은 삶을 위해서였다. 궁핍했던 시절의 보상이라도 하듯이 여자는 삶의 풍요로움을 채우기 위한 수단으로 집이라는 유형의 물질에 집착했다. 이사 횟수가 거듭되면서 집에 대한 안목이 생기고 불편함을 견뎌내는 내성도 생겼다. 헌 집을 리모델링하여 새집으로 만들고 땅을 구매해서 모든 것을 입맛대로 지어도 봤다. 단칸방에서 시작하여 반지하, 아파트, 단독, 상가주택, 전원주택까지 모두 거쳤다.

"좋은 집이란 구매하는 것이 아니라 만들어지는 것이어야 한다."

- 조이스 메이나드 -

집을 소유한다는 것은 한 남자를 소유하는 것과 닮았다. 세상에 완벽한 소유는 없다. 집의 원 틀을 벗어나 고칠 수 없듯이 인간의 본성을 고치기는 힘들다. 마땅한 집을 찾아 주인의 기호에 맞게 가꾸어 가듯이, 배우자를 택하고 서로에게 맞추어 가는 과정이 흡사하다.

사람의 온기가 채워지지 않는 집을 집이라고 할 수 있을까. 그저 하우스일 뿐이다. 혼자 잘 살 수도 있는데 굳이 결혼까지 해서 가족을 이루고 티격태격하며 살아야 할 이유가 있는 것이다. 돌아보니 나는 집을 원했던 것이 아니라 온전한 가정을 꿈꾸었던 듯하다. 함께 밥을 먹고, 손을 잡고 걷고, 유치한 말다툼으로 천지가 무너지듯 가슴을 앓다가도 다시 꿈 인양 화해하고, 세상을 다 가진 듯 깔깔거리며 웃고 떠들며, 밤이면 한 이불을 덮고 잠자리에 들고, 그렇게 살을 부대끼며 살아가는 가족을 원했던 것이다. 시간이 흐르면서 서로 모난 부분이 조금씩 둥글어지고, 상대의 기쁨이 내 기쁨이 되어갔다. 누추하지 않고 사치스럽지 않으며 가족 모두가 평안을 느끼는 집, 이른바 스위트 홈을 꿈꿨다.

그 과정에서 중요한 것은 현재를 온전히 느껴야 하겠다. 그때그때 다가오는 잠깐의 평화, 기쁨을 찾아서 내 것으로 만들 것. 나중에 해도 되는 일 때문에 지금 눈앞의 누림을 놓치지 말아야 행복이 찾아온다. 온전한 누림이라는 것, 그것은 대단한 그 무엇이 아니라 지금, 이 순간에만 가질 수 있는 아주 작고 사소한 것을 찾는 작업이다. 서로의 눈높이가 비슷해질 때 행복은 배가 된다. 즐긴다면서, 갖는다면서 한눈팔기를 자주 했다. 기회가 오기를 기다리는 것이 아니라 내가 잡는 것이다. 모든 건 내 안에 스스로 가두어 놓고 꺼내지 않아 덮어버린 내 탓이다.

소설 《대지》의 작가 펄 벅(Pearl Sydenstricker Brck)은 "가정은 나의

제주 돌담처럼

대지大地이다. 나는 거기서 나의 정신적인 영양분을 섭취하고 있다."라고 말했다. 나 또한 나의 대지 위에서 내 자녀와 손주들이 뛰놀며 행복해지기를 꿈꾼다. 매 순간 다가오는 삶의 희로애락, 그 짜릿한 느낌들이 후손들에게 이어져 대지의 자양분으로 지속되기를 두 손 모은다. 내가 행복해야 가족이 행복하고, 가족이 행복해야 주변이 행복해진다.

햇살 가득한 날, 그 여자가 맨발로 잔디 위를 천천히 걷고 있다. 하루가 구름처럼 두둥실 지나갔다. 60여 년의 세월도 후다닥 지나가고 말았다. 뉘엿뉘엿 서산에 해가 기울면 오늘도 어김없이 남자는 그 여자의 손을 마주 잡고 동네 어귀를 천천히 거닌다. 사시사철 비가 오나 눈이 오나 어느 곳에 있던지 지난 세월을 지켜온 성스러운 일과처럼….

타박타박 걷는 길에 제주 돌담이 아롱다롱 정겹게 어깨를 겨누고 있다. 키 큰 배롱나무 사이로 서쪽 멀리 해안선이 보인다. 수면 위 윤슬에 스며들고 있는 노을빛이 숨이 멎을 듯 황홀하다. 바다와 하늘이 맞닿은 거대한 캠퍼스에 주홍과 보랏빛의 환상적인 파스텔화가 데칼코마니로 느릿느릿 흩어지고 있다.

개와 늑대의 시간

역마살이 있는지 조석으로 동네를 어슬렁거린다. 평생 친구인 동반자와 단 한 가지 맞는 것이 있다면 '산책하는 일'이다. 이사를 여러 번 다녔어도 그때마다 새로운 산책코스를 찾아 나섰다. 하루 중 지루하거나 심심해지면 슬쩍 한 사람이 시동을 건다. 기지개를 켜거나, 하품하거나, 할 일 없이 먼 산을 바라보며 멍때리기도 한다. 그러면 둘 중 "나갈까?" "나가자." 말이 떨어지면 누구랄 것 없이 후다닥 옷을 입고 모자를 쓰고 선글라스를 챙긴다. 먼저 준비한 사람이 벌써 운동화 신고 현관에 서 있다.

여름이 깊어질 무렵 한낮을 피해 초저녁 식사를 마치고 집 밖으로 나섰다. 먼바다에 지는 노을도 보고 동네 어귀 커다란 팽나무 그늘 옆 선선한 바람 줄기도 반가운 시간이다. 여느 때와 마찬가지로 새들은 하늘을 날아다니고 산들바람 불며 코끝이 상쾌하게 기분 좋았다.

　귤나무들이 한창 익어가는 골목을 한 바퀴 돌아오니 제법 어둠이 짙어지고 있었다. 숲속에서 단체 회의라도 하는지 유난히 참새 소리가 요란스럽다. 하늘빛이 점점 더 회색빛으로 짙어 가고 동백나무 숲속에서 갑자기 수백 마리 참새떼 지저귀는 소리가 '뚝' 동시에 끊겼다. 그 순간 거짓말처럼 어둠이 성큼 내려왔다. 대장 참새가 지시라도 내린 걸까? '쉿! 다들 조용히 해. 어둠이다!'

　한참 '코로나19'가 기승을 부릴 때였다. 서울에 볼일이 있어 남편과 함께 공항을 이용한 일이 있었다. 어느 날 보건소에서 전화가 와 검사받으란다. 우리 좌석 근처에 감염자가 있어서 예방 차원에서 검사하란다. 결과는 양성이었지만 잠복기 동안 각자 떨어져 생활 하라는 것이다. 마침, 게스트 하우스로 사용하던 2층을 나 혼자 단독으로 쓰며 며칠을 보냈다. 기회는 이때다 싶어 오히려 여유를 즐겼다. 책도 보고, 글도 쓰고, 음악도 듣고, 드라마와 영화도 맘껏 보고, 눈치 보지 않고 오카리나 연주도 실컷 하면서….

　습관처럼 새벽에 일어나 창문을 열었다, 기도하고 묵상하며 모닝 노트를 쓰려고 시동을 걸었다. 아직 어둠이다. 맑고 상쾌한 공기가 '훅' 후각으로 밀려왔다. 동쪽으로 난 창 저 너머 들녘, 하늘이 맞닿은 곳에 어둠을 뚫고 검붉은 보라색과 주황빛이 그러데이

선 되어 조금씩 고개를 쳐들고 있다.

순간, 어디선가 "찍" 하고 소리가 난다. '어? 새가 벌써 깨어났나? 아직 어둠인데…' 다음 순간 다시 "짹짹" 소리가 났다. 그러자 순식간에 여기저기에서 왁자지껄 새 소리가 요란하게 울어댄다. 하늘을 바라보니 서서히 새벽 여명이 움직이고 있다. 이젠 종류도 다양한 모든 새가 한꺼번에 지저귄다. 소음이 되어버렸다. 이번에도 대장 새가 구령을 외친 걸까? '모두 아침이다. 기상!'

그때 알았다. 빛과 어둠의 경계에 침묵과 소음이 병존하고 있음을 보았고 들었고 느꼈다. 초자연적인 환경, 제주도이기에 가능했을까? 마법의 시간이다.

'개와 늑대의 시간' 프랑스에서 쓰이는 관용적 표현이다. 멀리서 보이는 짐승이 양몰이 하는 개인지 양을 물어갈 늑대인지 잘 분간이 가지 않는 미묘한 시간대를 말한다. 동양에서는 박명薄明이라고도 표현한다. 일본어 **'타소 가래;たそがれ'**(황혼:黃昏)의 어원은 "거기 뉘시오?"라는 옛말에서 유래되었다고 한다. 이 표현 모두 저물녘 황혼과 새벽 여명의 시간을 일컫는다.

빛과 어둠, 침묵과 소음의 경계, 사람과 귀신의 경계가 허물어지던 신비스러운 마법을 경험했다. 오랜 시간이 지난 지금도 그 기억을 더듬노라면 신화나 애니메이션 속에서 툭 튀어나오듯 꿈결처럼 아련하고 몽롱해진다.

업둥이

업둥이가 들어왔다. 순하고 사람을 잘 따라서 이름을 축복이라 했다. 유난히 애교가 많고 잘 웃었다. 주는 대로 잘 먹고 잘 컸다. 예쁘다고 안아주거나 머리를 쓰다듬어 주면, 입꼬리가 양쪽으로 올라가고 자동으로 눈꼬리는 내려오며 웃었다. 하는 짓이 예뻐서 오가는 모든 사람의 사랑을 받았다. 축복이 온 뒤론 산책길이 즐거웠다. 눈 내리는 겨울도, 밤 산책길도 축복과 함께면 든든했다. 덕분에 운동하는 시간이 기다려졌다. 더 많이 걷고 더 많이 사랑을 주었다. 이름 그대로 우리에겐 축복이었다. 업둥이가 들어오고 집안에 웃음이 많아졌다. 예쁜 숙녀로 자라난 축복이 어느 날 남자 친구를 데려왔다. 시커멓고 덩치 큰 녀석이 왠지 정이 가질 않았다. 그럼에도 자기 남자 친구라 하니 건성건성 봐주었다. 어느 날부턴가 배가 부르기 시작하더니 마구 먹어대기 시작했다.

아이코, 임신을 한 거였다. 조심을 시켜야 했는데…. 이걸 어쩌
지? 때는 이미 늦었다.

축복은 갈색 얼룩무늬의 믹스견이다. 배부른지 두 달 조금 지나
자, 새끼가 태어났다. 강아지 임신 기간이 62~68일간이라는 것도
알게 되었다. 밤새 진통을 혼자 겪으며 첫 출산인데도 스스로 탯
줄 끊고 뒤처리까지 깔끔하게 정리하고 흡족한 얼굴로 새끼에게
젖을 물리고 있었다. 때론 동물이 사람보다 월등함을 느끼는 순
간이다. 아비를 닮은 시커먼 녀석과 검은 얼룩이, 어미를 닮은 누
런 얼룩이 와 백구 이렇게 네 마리 강아지가 태어났다. 눈도 뜨지
않은 꼬물꼬물한 새끼가 더듬더듬 어미젖을 찾아가는 것이 신기
했다. 본능적으로 새끼를 보호하느라 엄청나게 경계하는 눈빛이
었다. 여름에 태어나 산후조리 하느라 축복이도 주인도 애를 먹
었다. 새끼들이 점점 자라면서 장난기가 늘고 말썽을 부리기 시
작했다. 꽃 마당과 잔디를 다 헤집어 놓고 자기 집 밖으로 영역을
넓혀 나갔다. 두 달쯤 되어 젖을 떼고 주변 사람들에게 하나씩 분
양을 했다. 예쁜 애들부터 간택되어 사라지고 비실비실 제일 연
약한 백구 한 마리만 남았다. 남겨진 백구는 축복과 함께 본 집을
사수했다. 어미 사랑을 제일 많이 받는다고 하여 이름을 사랑이
라 부르기로 했다. 사랑이는 수컷이라 성장 속도가 축복이 와는
다르게 빨랐다. 어느 결에 자라나 어미보다 더 큰 덩치를 자랑했
다. 울음소리는 쇳소리를 내며 우렁찼고 낯선 사람들을 경계했

제주 돌담처럼

다. 암컷도 아니면서 질투심이 강해서 항상 밥 주는 것도 먼저 주어야 집안이 조용했다. 기다릴 줄을 몰랐다. 외출했다 들어와서 축복이 먼저 아는척했다가는 온 집안이 다 떠나가도록 짖어댔다. 한마디로 인내심이 부족했다.

축복은 어려서부터 사랑을 듬뿍 받고 자라나 자존감이 높았다. 누구나 자기를 예뻐하고 당연히 사랑하는 줄 알았다. 사람이 다가가면 꼬리 흔들고 엉덩이를 들이밀며 쓰다듬으라고 애교를 떤다. 한참을 시간 가는 줄 모르고 놀아준다. 날이 갈수록 얼굴이 평안하고 도도해 보이기까지 했다. 긴 털을 날리며 목을 길게 빼고 멀리 무언가를 응시하며 바라보고 있을 때는 고고한 늑대의 혈통 같았다. 그래봤자 믹스견 출신인데 언제나 자신감이 눈빛에 충만해 있다. 사랑받는 만큼 기쁨을 주는 축복은 함께 하고 싶은 존재였고, 더 많이 사랑하고 싶은 존재였다.

반면 사랑이는 태어나 젖먹이 때부터 형제들에게 따돌림을 당했고 연약하고 의기소침했다. 다행히 어미 사랑은 실컷 받았지만, 슬슬 눈치 보는 버릇이 남아서 비굴해 보일 정도로 저자세였다. 먹는 양은 많고 그만큼 대소변 양도 많아 청소 거리도 많았다. 당연히 눈총이 뒤따랐다. 전원주택이지만 밤낮으로 눈치 없이 짖어대는 바람에 이웃에게 핀잔 듣는 횟수가 잦았다. 은근히 민폐를 끼치는 녀석이다. 큰소리 한 번에 당장 꼬리 내리고 포복 자세로 엎드린다. 아비 혈통이 흔치 않은 검은 진돗개인데도 말이다.

그러니 사랑이는 태어나서 집 마당 밖을 나가 본 적도 없이 집 마당 안이 우주였다. 목줄에 묶여 살다가 가끔 목줄이 풀려도 밖으로 나갈 줄도 몰랐다. 게다가 어느 날부턴가 밤낮없이 늑대 울음소리를 내며 울어대고 있었다. 이웃들이 쑥덕거렸다.

"키우던 개가 울면 집안에 안 좋은 일이 생긴다는데….."

어느 날 주인은 사랑이 집과 사랑이를 차에 실었다. 마침, 주변 지인 집에 개가 필요했던 터라 아쉽지만, 입양을 보내기로 했다. 사랑이가 떠난 자리는 싹싹 쓸어내고 예쁜 꽃과 잔디로 다시 채워졌다. 사랑이는 흔적도 없이 사라졌다.

아침이 밝았다. 다시 축복의 전성시대가 왔다. 그녀는 높은 곳을 좋아했다. 새벽녘 해가 뜰 무렵이면 자기 집 지붕 꼭대기에 올라가 뜨는 동쪽 해를 바라보며 주변을 살폈다. 제주 중산간 사방이 확 트인 그녀 집 주변이 이글거리는 태양과 함께 밝아왔다. 일광욕을 즐기며 스르르 눈을 감은 그녀의 모습이 평안해 보였다. 감은 눈꼬리와 혀를 내민 입꼬리가 웃고 있었다. 때마침 스산한 가을바람이 불고 있었다. 여우 꼬리처럼 길고 풍성한 꼬리 갈퀴가 빛을 받아 금빛으로 우아하게 흔들거렸다.

축복은 담 없이 살고 있는 옆집 언니네 강아지이다. 담이 없다 보니 나 또한 축복이 아기 때부터 모든 것을 함께 한 이모이다. 축복과 희로애락을 함께한 가족이었다.

소문만복래笑門萬福來, 웃는 문으로 만복이 들어온다는 옛말이 있다. 살다 보면 고달프고 힘든 순간이 더러 있다. 그때 눈물 흘리기보다 웃어야 할 때이다. 고통이 없어야 웃는 것이 아니라 고통스러우므로 더 크게 웃는 것이다. 헛웃음이라도 웃으면 좋은 기운이 몰려온다. 크게 한번 웃어 보자. 안되면 소리 없이 웃어 보자. 사람은 날개가 없는 대신 웃는다고 한다. 웃음은 가슴의 날갯짓이다. 세상에서 가장 아름다운 꽃은 웃음꽃이란다.

검은 모래의 뿌리

 '사라봉' 오름에 올랐다. 제주항이 한눈에 내려다보였다. 초대형 크루즈 선을 비롯한 크고 작은 배들이 줄지어 서 있는 풍경이 이국적이다. 육지에 뒷동산 정도의 규모를 제주에서는 오름이라 부른다. 한라산을 중심으로 크고 작게 사방으로 앉아 있는 오름이 368개이다. 한라산 분화구에서 바닷속 심연까지 화산섬 제주의 흔적들이 널브러져 있다. 용암이 분출하여 식으면서 생긴 천연의 동굴과 숲, 사방에 펼쳐진 바다 그리고 오름이 제주의 매력이다. 어디를 가나 현무암 검은 바위와 돌이 흔하다. 사라봉 정상에서 간단한 스트레칭을 하고 약수도 한 잔 받아먹고 먼바다를 바라보며 앉아 땀을 식혔다. 천천히 내려와 근처 바다 쪽으로 핸들을 돌렸다. 대부분이 해변을 백사장이라 이르지만 '삼양 검은 모래 해변'은 이름처럼 검은 모래들이 바닷물과 노닐고 있다. 해변을 거닐다가 문득 '이 모래의 뿌리가 어디서부터 시작되었을까?' 상념에 잠긴다.

분화구에서 시작된 암석과 바위가 오랜 풍화로 때론 석공에 의해서 이리저리 굴리고 깎이어 바닷가까지 오게 된 행로를 생각해 본다. 1,200도 정도로 들끓던 용암이 흘러 굳어서 용암굴이 되고 바위가 세월의 굴레에 돌과 흙과 모래가 된다. 인간의 한 생도 이와 비슷하지 않을까.

젊은 시절 화산처럼 뜨겁던 정열은 식어 버리고 바위처럼 단단한 고집과 아집으로 뭉쳐진 중년을 거친다. 세파와 녹녹지 않은 인심과 싸우며 고집스러운 큰 바위는 눈치와 변명과 타협하며 작고 동그란 돌덩이가 되어 가리라.

결혼 전 대학병원에 근무했었다. 그곳에서 근무하는 의료인들과 아픈 사람들의 상처를 어루만지며 한동안 자존감에 차 있었다. 여기가 진정한 내 꿈의 자리가 아니지 싶었을 때, 여성 의류를 취급하는 남편을 만나 디자이너를 꿈꿨다. 그 언저리에서 중국을 넘나들며 의류 디자이너와 사업가로서 역량을 발휘했었다. 품 안에 아이들은 다 커버리고 회의가 찾아올 무렵 어린 시절의 꿈이기도 한 문학에 사로잡혀 뒤늦은 문학도로 열정을 불태운다. 덕분에 늦깎이 대학을 마치고 등단도 하고 수필집도 냈다. 매번 목적지에 가까이 왔다고 여겨지는 순간 더 멀어지는 느낌은 무얼까. 내면의 허기진 그 무언가를 메꾸려 발버둥을 치고 있는 그저 작은 돌멩이였을 뿐일까. 애초에 큰 꿈들이 부서지고 상처 나고 바닥을 치고 나서야 진정한 가치가 보이는 걸까. 아직 갈 길이 저만치 멀게 느껴진다.

거대한 현무암은 공예가의 예술 작품으로 승화되어, 높은 빌딩 앞 상징물이 되기도 한다. 석수장이의 손을 거쳐 어느 부잣집 정원석이 되고, 무덤가의 비석도 되고, 벽돌과 바닥재로 변신하기도 한다. 때론 감귤밭 담장이 되고, 돌하르방, 돌 항아리, 하물며 발뒤꿈치 때밀이용 등등. 각양각색의 모양으로 쓰임 받다가 그 또한 조각나고 깨진다. 어느 날 만신창이가 되어 바닥에 나뒹굴기도 하겠지. 태풍과 잦은 비로 굴리고 쓸리어 해변에 다다를 것이다. 동글동글해진 몽돌은 파도와 해풍에 시달리며 자갈이 되고 모래가 된다. 모래는 더 깊은 바닷속으로 흘러 파묻혀간다. 더 이상 소음과 흔들림이 없는 심연 한 가운데 놓인다. 비로소 사방이 고요해진다.

흔들림 없이 사방이 고요한 그런 시간이 과연 우리 남은 생에 존재하기는 할까. 뜬금없이 어느 침대 매트리스 광고 문구가 떠오른다. '흔들림 없는 *** 침대' 흔들림이 없다는 것은 이미 많은 것을 경험하고 터득하여 유혹에 깃들지 않는다는 것이리라. 충분히 내공이 쌓여서 주변의 분위기에 휩쓸리지 않는다는 것이다. 얼마나 많은 경험이 쌓여야 그 정도의 괴력이 생길까. 모든 감각에 무뎌지고 감정의 사치도 잘라내고 출렁임도 잠재우고 우직하게 견뎌내라는 말인가. 깨지고 부서지고 으스러져 가루가 되고 게다가 깊은 바닷속에 침잠해서야 초연해진다는….

모래의 뿌리가 화산이었다면 그 과정이 나에게 건네주는 말은 무엇일까? 모래보다 더 고운 가루가 되어 처음의 형체가 드러나지 않는 심연深淵속 고요. 결국 화산이 검은 모래와 한 분자의 물체였음을 인정하는 것부터였다. 어떤 모양이 더 가치 있고 어떤 자리에 있어야 인정할 만한 대단한 것이 아니라는 말이다. 내 삶을 지나온 모든 순간을, 있는 그대로 받아들여지는 것이 순서였다. 모든 건 과정이었다. 그 과정의 마디마다 내 열정과 숨결과 인내가 숨어 있었으니까. 그렇다면 나는 지금 마땅히 내가 서 있어야 할 곳에 서 있는 것이고, 아직 더 깊은 심연을 향해 부서지는 중이다.

'더 많은 고통과 뜨겁게 마주하라. 그리하여 그 인내가 너의 삶 전반에 모래, 아니 물처럼 스며들어 어떠한 출렁임에도 잔잔해라.' 검은 모래 해변이 내게 들려주는 묵언 같았다. 참된 평안은 많은 전쟁을 겪고 난 후에 오는 짙은 고요함 같은 것일까. 예수의 참 빛에 관한 진리도, 불교에서 일컫는 해탈解脫의 경지도 결국은 극도의 고통과 어둠을 지나온 각자의 마음 안에 있다는 것. 수행의 과정을 통해야만 깨닫는 진리를 일컫는 말일 것이다.

《딜라이 라마의 행복론》에 의하면 마음 수행이란 긍정적인 생

각을 잘 가려내고, 부정적인 생각을 물리치는 일이라는데. 나는
아직도 출렁인다. 삶이 아프고 힘들고 고통스럽다. 때로는 통곡
이 터질 정도로 급격한 풍랑을 겪기도 한다. 반면 매일 새롭게 다
가오는 생의 경이로움이 벅차고 감격스러워 눈물이 나기도 한다.

검은 모래 해변을 맨발로 걸었다. 한 생을 건너온 모래알처럼
서서히 침잠해 가는 보잘것없고 더없이 초췌한 나의 모습이 발가
락 사이 찰랑이는 바닷물에 투영되고 있었다.
지금 나는 어디쯤 와 있는 것일까?

 제주 돌담처럼

물 마중

해녀들은 물질을 끝내고 뭍으로 올라올 때 가장 몸이 무겁다. 대부분의 해녀는 60세 전후이지만 80~90세 해녀도 있다. 물질을 제일 잘 하는 해녀가 '상군'이다. '상군'은 바다 깊숙이 20m까지 잠수하여 2분 정도 숨을 참아 해산물을 채취한다. 드넓은 바닷속에서는 나이에 상관없이 일 욕심을 부린다. 하지만 물 밖으로 올라오는 순간 몸은 천근만근이다. 잠수 후 수면 위로 올라올 때까지 숨을 참다가 한꺼번에 몰아서 "휘리릭" 내는 소리가 '숨비소리'이다. 물질로 지친 몸도 버거운데 거둬들인 소라, 전복, 해삼, 미역 줄기는 육신을 짓누르는 짐으로 느껴진다. 순간 피곤이 몇 곱으로 가중된다. 이때 가족 중 누군가 나와서 해산물 자루를 들어 올려 주면, 살맛이 난다. 반갑고 고맙고 힘이 난다. 살짝 거들어만 주어도 좋은데 힘센 남편이나 장성한 아들이 나와 준다면 의기양

양해진다. 비로소 "후유" 숨을 몰아쉰다. 이때 해녀들의 물건을 들어주러 나오는 일이 '물 마중'이다.

'코로나19' 바이러스로 세계적 팬데믹 상태가 몇 달째 이어지고 '사회적 거리 두기'로 몸도 마음도 지치고 아파하는 이웃들이 많다. 세계 경제는 물론 국내 경제도 여지없이 무너지고 정부에서는 '재난 지원금'이다 '소상공인 특별지원금'이다 대책들이 난무한다. 1930년대 대공황 이후 최악의 실업대란이다. 수출이 막히자, 공장 가동이 중단되고, 가계수입이 줄면서 지출도 덩달아 줄고 대부분의 경기는 도미노 현상이 이어지고 있다. 어딘가에서 누군가는 이 악순환을 못 이겨 소리 없이 가슴을 붙들고 쓰러지고 있을지도 모른다.

사람의 심장은 주인의 고통을 읽는다. 고충을 감추고 기를 쓰며 삶의 터전에서 버둥대며 인내하던 사람도 심장만큼은 감출 수도, 속일 수도 없다. 가슴 벅차게 기쁜 일이 있으면 심장이 콩닥콩닥 뛴다. 두렵고 공포가 다가오면 가슴이 뻐근하게 옥죄이며 쓰러지기도 한다. 심장은 사람이 살아가는 최소한의 에너지로 전신의 기운을 퍼트려 최대의 가치를 발휘한다. 모든 것을 대신하던 심장이 어느 날 쿵 하고 내려앉으며 발작을 일으키는 것이 '심혈관질환' '가슴앓이' '공황장애'로 표출되기도 한다. 정신이 육체를 지배한다. 그랬던가? 최근에는 심장이 뻐근하게 아파도 병명은 정신질환인 '공황장애'로 진단되기도 한다. "나도 힘들어." "나 좀 바라봐 줘.” “나도 숨 쉬고 싶어.” 참고 참았던 심장이 고함을 치는 것이다. 이 글을 쓰고 있는 순간 나도 누군가에게 소리치고 있는 지도 모른다. “지금 나도 물 마중이 필요해요.”라고….

　인간은 혼자서는 살 수 없는 존재다. 위기에 강한 나라 대한민국의 국민성이 다시 고개를 들었다. 1997년 IMF 위기에도 온 나라가 '금 모으기 운동'으로 힘을 모아 극복했던 위대한 국민이다. 현재 코로나의 한국적 대응 방식이 성공하자 세계적 열풍을 몰고 있는 'K-방역 시스템'이 이슈화되고 있지 않은가. 국가는 물론 사회 전반적인 계층이 합심하면 되는 것이리라. 국가에서 지원한 '재난 지원금'이 조금씩 실 경제를 움직이고 있다고 언론은 보도하고 있다. 작게나마 움직이는 힘이 구심점이 되어 다시 커다란 바퀴가 굴러가는 것이 경제 아니겠는가. 경제지원과 더불어 진정성 있는 관심의 눈빛과 따뜻한 말 한마디 건네는 것이 쓰러져가는 이웃을 살릴 수도 있다. 해녀가 물질을 끝내고 뭍으로 올라왔을 때 다리는 천근만근이고 등이 휠 것 같은 삶의 무게감. 그 마음을 헤아려 짐을 들어주고 서로의 손을 잡고 동행하듯이 이 아수라와 같은 코로나의 상황에서 서로를 지켜봐 주는 애정 어린 관심이 필요한 순간이다. 거드는 쪽은 작은 일일 수도 있지만 받는 처지에서는 절체절명의 '순간'인 것이다. 그것이 바로 '물 마중' 아니겠는가.

　며칠째 비바람과 돌풍이 조용한 제주 섬에 몰아친다. 육지의 태풍 수준인 비바람 돌풍이 불어오면 늘 마음이 복잡해져 온다. 꼼짝없이 집안에 갇히고 만다. 코로나는 순식간에 알 수 없는 기류를 만들어 내는 돌풍과 똑 닮았다. 제주도는 한라산과 바다 사이에 중산간 지형이 있다. 해안가는 해풍이 많아 습하고, 고도 지형은 춥고 작물이 잘 자라지 않아 중산간 지역에 과수원과 마을이 많이 포진되어 있다.

　이 지역에 작은 화덕피자 가게를 운영하는 우리 집도 '코로나 19' 돌풍을 피해 갈 수는 없었다. 관광객에게 의존하는 제주 상가들의 특성상 코로나 사태는 대란이었다. 한동안 아예 지나가는 차도 사람도 볼 수가 없었다. 며칠째 손님도 없고 바람도 조금 잔잔해져서 답답한 마음에 밖으로 나갔다. 감귤나무들과 보리밭들만 즐비한 조용한 시골길을 자박자박 걷고 있었다. 쨍한 날씨에 높고 파란 하늘, 마침 귤꽃들이 만발하여 향내가 온 마을을 진동하니 걷기엔 제격이었다. 저 멀리 아이들 웃음소리와 재잘거리는 소리가 들렸다. 어린아이들 소리로 간만에 시골 마을이 밝아지는 것 같았다. 근처 펜션에 숙소를 둔 관광객인가 보다. 아이들 소리가 점점 커지고 있다. 가까이 가보니 들꽃을 보는 듯 네 가족이 쪼르륵 뒤를 돌아 무언가를 열심히 얘기하고 있다. 제주도 특히 중산간 지역은 나무가 많고 넓은 대지에 띄엄띄엄 걸어 다니며 사람과 사람이 부딪칠 확률 또한 그리 많지 않다. 코로나 덕분에 해외 관광길이 막히자 다행히도 차츰 제주행 여행객이 늘고 있다.

그들을 바라보면서 코로나가 저만치 물러가고 있는 것같이 느껴
졌다.

'맞아, 저들 하나하나가 제주도민에게는 바로 '물 마중'이 되는
거지.'

소리를 찾아서

영화 《서편제》는 소리꾼의 득음 과정을 보여준다. 각자 다르지만, 또한 같은 길을 걷고 있는 송화(오정해 扮)와 아버지 유봉(김명곤 扮), 그리고 의붓아들 동호(김규철 扮)의 운명 굴레를 본다. 유봉은 진정한 소리를 향한 열정으로 동호를 소리꾼 고수로 송화는 소리꾼으로 한 쌍을 이루며 교육한다. 어느 날 동호는 가난과 주변의 냉대와 멸시를 못 이겨 아버지와 싸우고 가출한다. 그런데도 유봉은 송화의 눈을 멀게까지 하며 소리의 완성을 꿈꾼다. 감각기관을 응집시켜 오직 청각과 발성에 관한 감각만 살아남게 하고자 했다. 집착이 강한 유봉이 평생을 바쳐 찾은 소리는 결국 그가 죽은 후 그의 딸 송화의 소리에 깊게 묻어 나오게 된다. 두 사람이 소리를 찾아가는 과정은 이루 말할 수 없이 험난한 밑바닥 삶을 살아가게 된다. 송화는 아버지를 잃고 소경 소리꾼으로 살아간

제주 돌담처럼

다. 어느 날 다른 길을 걷고 있던 동호가 송화를 찾아 소리를 청한
다. 하룻밤을 같이 보내며 서로의 묵언 속에 오누이의 강한 느낌
을 알아채지만 서로 모른 체 다시 자신들의 길로 돌아간다. 진정
한 소리를 찾아가는 길…. 그들이 진정 찾고자 했던 것은 어쩌면
소리를 통해 영혼의 깊이를 울리고자 하지 않았을까.

오카리나 소리를 찾아가는 길도 그랬다. 제주로 이사를 하고 뜻
하지 않게 좋지 않은 일들이 우리의 앞을 가로막아 막막하던 때가
있었다. 우연히 틀어 놓은 TV 프로에서 〈걸어서 세계 속으로〉
라는 타이틀 음악 소리에 이끌려 무슨 악기 소리인지, 곡 제목은
무엇인지 궁금했다. 형용할 수 없는 오카리나 소리에 매료되어
막연히 '한번 배워보고 싶다'라고 혼자 중얼거렸다. 그 길로 여기
저기 수소문하여 알게 된 마을 복지관에서 운 좋게 이정순 선생님
을 만났고 배우는 과정에 '생이 소리'가 결성되었다. 그렇게 시간
가는 줄 모르고 3년이라는 시간이 훌쩍 지났다. '생이 소리'는 제
주 사투리로 '새 소리'라는 뜻이다. 말 그대로 새처럼 조잘거리고
하루 종일 연습하라 해도 끽소리 안 하고 연습할 정도로 단원들
모두가 열성적이었다. 처음에 악보도 잘 모르던 우리들은 하나씩
곡이 늘어가면서 호흡도 길어지고 소리도 달라졌다. 그 과정에
침은 또 얼마나 흘렸는지. 우리 모두 그때 이야기를 지금도 가끔
하면서 웃음을 짓곤 한다. 시간이 흐르면서 단원들은 물론 개인
적으로 얽혔던 일들도 풀리고 나날이 오카리나 소리는 깊어지고

있다. 알고 보니 TV에 나오던 그 궁금하던 음악 소리가 요즘 우리가 맹연습하고 있는 '물놀이'였다. 결국 오카리나 소리가 나의 삶에 힐링이 되어 고난의 시간을 무사히 지나갈 수 있었다.

우리의 삶도 그러하리라. 각자가 찾는 것이 무엇이었든 간에 그것을 찾아 떠나는 인생길.

삶의 갈림길에서 서로 부대끼고 의지하며 각자의 의미를 찾아가는 과정이 오카리나 소리를 찾아가는 과정과 비슷하다는 생각을 해본다. 부모님의 영육을 빌려 세상을 만나고 학업을 거쳐 어른이 되고 결혼하고 아이를 낳아 다시 부모가 되고 그렇게 삶의 연장선으로 달려간다. 그렇듯 아직은 미숙하고 보잘것없지만 그래도 굳건하게 완성의 소리를 향해 걸어가고 있다. 영혼을 울리는 소리가 될지는 두고 볼 일이지만 말이다.

오늘 이곳에서 연주하는 발표자들도 소리를 찾아오는 과정이 각자 나름대로 깊게 묻어 있으리라, 짐작된다.

폴란드 국민 작가 스와보미르 므로제크는 그의 저서 《초보자의 삶》에서 "혁명이란 방안에 옷장, 책상, 침대의 위치를 바꾸는 것"이라 했다. 우리도 작은 혁명을 꿈꾸면 어떨까?

마음의 위치를 바꾸면 불행이 행복이 될 수도 있다는 것. '세상 별거 아니네, 참 살만하네.' 그런 긍정의 마음이 오카리나를 연주하면서 도화導火점이 되면 좋겠다. 피 흘리고 아파하면서도 희망

  제주 돌담처럼

의 싹은 돋아나고, 누추한 옥탑방에서도 사랑 꽃은 피어난다. 고급스럽지 않아도 삶은 충분히 아름다울 수 있다.

오늘 우리는 오카리나를 통해 작은 혁명을 시작한다. 영화《서편제》에서 영혼의 깊은 울림처럼, 지금 이 자리를 통해 오카리나 소리가 또 다른 누군가의 마음 안에 피안彼岸의 꽃망울이 되어 방울방울 주변에 퍼져나가기를 감히 소망해 본다.

〈제주시 문예회관에서 오카리나 연주회 서막에 붙여〉

슬기로운 격리 생활

'Under the sun' 경쾌한 핸드폰 벨 소리가 울려 퍼진다. 낯선 지역 번호다. 슬쩍 부재중으로 처리했다. 보통 이러면 더 이상 끝인데 손 전화번호도 아닌 지역 번호가 계속 보챈다. 순간 무슨 일인가 싶어서 조심스레 통화 버튼을 눌렀다.

제주에 살고 있는 나는 일주일 전 남편과 서울에 용무가 있어서 공항 이용할 일이 생겼다. 사람이 없는 새벽 시간을 예매했지만, 관광지이다 보니 새벽에도 사람이 많았다. 마스크로 쓰고 손 소독을 몇 번이나 하며 무장을 했다. 1년 만에 본 서울은, 내가 언제 이곳에서 50년 넘게 살았었는지 아득하기만 했다. 곳곳에 마스크를 쓰고 PCR 검사받기 위해 줄을 서 있는 수많은 인파가 보인다. 사이버 공간에서 표정 없는 로봇들이 움직이고 있는 것 같은 착각이 들었다. 빠르게 일을 마치고 저녁 비행으로 무사히 제주에 도착했다. 그리고 며칠 동안 사람들도 만나고 교회도 가고 평소처럼 활동했다.

전화의 요지는 며칠 전 새벽 서울행 비행기 내 좌석 주변에 코로나 확진자가 발생했단다. 밀접 접촉자로 분리되어서 검사받으라는 통보였다. 저녁을 준비하던 손길에 힘이 빠져 버렸다. 다음 날 아침 일찍 며칠 동안 동고동락한 아들과 함께 셋이 보건소로 향했다. 오전 8시 반인데 벌써 검사받기 위해 사람들이 줄을 서 있었다. 제주에, 그것도 중산간 지역 보건소까지 서 있는 긴 줄을 보면서 '코로나19' 바이러스가 얼마나 심각하게 우리 근접까지 스며들어 있는지 실감했다. 오후 3시쯤 결과가 나오기까지 정말 가슴이 조마조마했다. 여러 가지 벌려놓은 일들이며 이사 준비로 바쁜 일정들이며 머리가 텅 비어 아무것도 할 수 없었다. 멍하게 시계만 바라보고 있었다. 오후 2시 29분 문자가 왔다. '***님 7월 13일 실시한 코로나19 PCR 검사 결과가 음성이 나왔음을 알려 드립니다.' 휴~ 다행이다. 잠시 숨을 고르는데 또 전화벨이 울린다. 제주시 보건소 직원이었다. 검사 결과가 음성이 나오더라도 각자 2주 동안 격리 생활을 하며 음식도 잠자리도 화장실 빨래까지 각자 따로 하라는 거였다. 다음날 보건소 직원이 여러 가지 음식물과 소독제, 체온계, 마스크, 물 등을 건네주며 주의 사항을 열거하고 갔다. 놓고 간 누런 봉투 속 서류를 보니 격리 생활에 대한 주의 사항들이 나열되어 있었다. 핸드폰에 앱을 깔고 통제 감시하는 거였다. 하루 두 번 체온을 재어 보고하고 원격으로 나의 동선

을 다 체크했다. 집을 약간만 벗어나도 알람이 울리고 체온을 재
어 체크 할 시간에 못 하면 또 알람이 울린다. 말로만 듣던 감옥살
이(?)를 내가 하게 될 줄이야….

'코로나19'는 1, 2, 3차를 거쳐 4차 팬데믹까지 이르며 세계적으
로 수백만 명의 사망자를 내고 있다. 1차에서 잡힐 만하면 다시
발생하고 또 잡힐 만하면 변이 바이러스로 변환되고 이젠 언제 종
식될지 모르는 두려운 뉴스들이 지구촌을 달구고 있다. 그 와중
에 선진국은 백신을 가지고 자국민 이익 우선주의를 내세워 후진
국들의 경제와 생명줄을 조이고 장악하려 혈안이 되어있다. 실제
로 시시각각 업데이트되는 뉴스는 후진국의 사망자 수가 걷잡을
수 없을 만큼 늘어가고 있다. 이미 영국과 싱가포르는 '독감'처럼,
'코로나19'도 공존하는 세상을 예견하고 조심스럽게 자율에 따라
마스크를 착용하기로 했다. 바야흐로 바이러스와 함께하는 세상
이고 개인적인 위생이 무엇보다 중요한 순간이 왔다.

2018년 드라마 《슬기로운 감방 생활》이 큰 히트를 했다. 그것
을 패러디한 또 다른 드라마 《슬기로운 의사 생활》1탄(2020년), 2
탄(2021년) 시리즈물이 줄줄이 이어졌다. 제목 앞에 '슬기로운'이라
는 단어가 붙는다는 것은 그만큼 그 생활이 어렵고 힘들다는 전제
가 있어서 그 과정을 지혜롭게 극복하자는 그런 뜻이 숨어 있겠
다, 짐작된다. 감방 생활과 의사 생활은 묘한 대조를 이룬다. 사
회에서 최하층 죄수 집단과 최고층 엘리트 의사 집단의 이야기를

　　　　　　　　　　　　　　　　　　　　제주 돌담처럼

다룬다. 자신들의 활동 반경 내에 발생하는 여러 가지 일화들을 디테일하게 다루며 시청자들에게 평소 접하기 어려운 정보와 신선함과 홍미까지 쏟아낸다. 한 마디로 재미있다.

　제주에 이층집을 짓고 조촐한 화덕피자 브런치 카페를 운영했다. 이층은 게스트 하우스로 지었지만 자주 찾아오는 지인들과 큰아들 내외의 단골 숙소일 뿐이었다. 평소 나와는 거리가 멀다고 생각하던 이층에서 나 홀로 격리 생활을 하게 될 줄이야. '피할 수 없으면 즐기라' 평소의 내가 지향하는 바대로 '슬기로운 격리 생활'을 하기로 마음먹었다. 보건소에서 잔뜩 실어다 준 햇반과 물 각종 통조림, 라면, 차 등을 이층에 올려다 놓고 '소확행小確幸'을 찾아 나섰다.

　팬데믹으로 동아리 활동을 접고 있던 오카리나를 꺼내어 악보를 뒤적이며 애창곡을 1~2시간씩 실컷 불어본다. 쌓아두었던 수필집, 시집, 문집들을 이것저것 손 닿는 대로 읽는다. 넷플릭스 인기 드라마 시리즈도 한꺼번에 끝장낸다. 밀쳐 두었던 노트북을 꺼내 수필 한 편 써본다. 조석으로 하루에 몇 번씩 들녘과 동네 어귀를 돌아다니던 신발은 현관에서 깜빡깜빡 졸고 있다.

　매일 새벽 5시에 일어나 서재에서 묵상과 기도로 하루를 시작했다. 습관이 되어 버린 관성에 눈을 떴다. 양치하고 탁자가 놓인 창가에 다가가 문을 활짝 열었다. 아직 어둠이 확연하다. 여름, 유난히 가슴 뭉클한 상쾌함이 밀려온다. 기지개 한 번 크게 켜고 냉

수 한 잔 마시고 테이블 조명을 밝혔다. 창가에 새벽의 찬 기운이 느껴진다. 어둠을 밝히는 소리를 들어 본 적이 있는가! 창밖 어둠 속에서 고요를 뚫고 새 한 마리가 조심스럽게 재재거린다. 마치 대화하듯 "굿모닝? 애들아 안녕?" 뒤이어 두어 마리가 합세한다. "응, 그래 너희도 잘 잤니?" 그러자 여기저기에서 또 다른 새 소리가 들린다. 곧이어 풀벌레 소리까지 떼창으로 합세한다. 서라운드 스피커를 사방에 설치한 듯 졸지에 깊은 산중 숲속이 되었다. 갑작스러운 소음에 창문을 닫으려다 동녘 하늘을 보고 그만 넋을 잃고 말았다. 칠흑빛 어둠을 뚫고 서서히 청보랏빛 여명이 고개를 내민다. 이어서 주홍과 황금빛 그러데이션 아우라가 초대형 하늘 캔버스에 마술쇼를 펼친다. 눈을 뗄 수도 없는 순식간에 어둠이 밝은 세상으로 성큼 걸어 나왔다. 불과 3~4분 사이에 빛의 세계가 되었다. 격리 덕분에 2층 창가에서 귀하고 성스러운 장관을 보게 될 줄이야. 가슴 벅찬 자연의 신비로움에 나도 모르게 눈물이 주르르 흐른다.

빛과 소리, 어둠과 고요가 정비례한다는 것을 그때 목격했다.
어둠은 순식간에 오고 또 찰나에 사라진다. 어둠이 있기에 빛이 소중하게 느껴진다. 어둠은 휴식의 시간이며 빛은 모든 활동의 근원이 되기도 한다. 소음 뒤에 오는 고요의 순간이 반갑고 귀하다. 한편, 길고 고요한 적막감은 죽음의 시간이 될 수 있다. 고로 소음은 살아있다는 것일 수 있다. 삶은 생각하기에 따라 눈높이를 달리한다.

때로 삶이 고통스럽고 끝없는 격정이 이어진다 느낄 수도 있다. 그리할지라도 오늘 하루, 한순간인 지금을 슬기롭게 견디노라면 격리 기간도, 팬데믹도 끝이 오지 않겠는가. 이 어둠을 뚫고 분명 아침이 다가오고 있다. 그리고 곧 평화롭던 일상이 찾아올 것이다.

그나저나 오늘이 2주간 격리 생활 마지막 날이다. 오전에 마지막 검사한 결과는 확실한 '음성'이겠지?

제주 돌담처럼

치열하게 살았던 서울 생활이었다. 삶의 밑바닥에서 중산층까지 오르며 열정을 다했다. 생활인으로서의 삶이었다. 조금씩 내가 보이기 시작했고 희미했던 신앙생활과 문학의 길을 더듬었다.

수신제가 치국평천하修身齊家 治國平天下
나를 다스리고, 가정을 다스리고, 나라를 다스리면 천하가 평
화롭다.

치국평천하 國平天下는 못 되더라도 수신제가修身齊家까지는 무
난하지 않을까. 욕심을 부려보았다.
두 아들이 성인이 되었을 때 과감히 서울을 떠나 제주로 향했
다. 하지만 거기서 또 큰 바위를 만날 줄이야….

건축업자에게 사기를 당하고 온 식구가 매달려 손수 집을 지었다. 집을 지으며 주변 밭에서 던져놓은 돌들을 주워다 돌담을 쌓았다. 큰 돌과 작은 돌들을 적당히 어우르며, 넓적한 돌과 뾰족돌도 상황에 따라 쓰임이 있었다. 돌 하나하나가 내 아픔이고 슬픔이며 기쁨이고 설렘이었다.

상처와 아픔들을 잘게 부수어 아름다운 담을 쌓는 기다림으로 버텨냈다. 삶의 허망한 것들이 내 삶의 중앙에 조금씩 담처럼 쌓여갔다. 제주 돌담처럼 차곡차곡 엉성하게 쌓인 내 삶의 일면들을 바라보며 마음이 아렸지만 한편, 눈물 나도록 감사했다.

힘들어도 아파도 여지없이 새벽은 온다. 그 새벽 서재 문을 열며 나의 아침은 시작된다. 오랫동안 새벽기도를 다녔다. 몸이 아프던 어느 날부터 혼자 서재에서 그분을 만난다. 내가 마음을 열어 성전에 그분을 초대하면 교회가 되는 것. 기도하고 성경 읽고 묵상하며 하루의 시작과 더불어 모닝 노트가 시작되었다. 주절주절 감정의 파편들을 토해 놓으며 마음이 조금은 편해졌다. 그러기를 여러 해.

말은 안으로 주워 담고, 문장은 하나씩 건져내며 모닝 노트가 쌓여갔다. 어정쩡 어슬렁거리며 살아가는 삶. 신앙생활도 문학인으로의 삶도 변방의 삶이다. 모든 면에서 열정적이지도 못하고 완전 아웃 사이더도 아니며 어물쩍 발만 담그고 있는 모양새다. 생각해 보니 그것은 결국 내 탓이다. 실력도, 경력도, 인정받지 못

함도 다 내가 모자란 덕분이다. 이른바 삼류의 삶이다. 그런들 어
떠하리.

오, 신이시여! 뜨겁지도 차지도 않은 나를 용서하소서!

바람이 잦은 섬마을 돌담은 구멍이 숭숭 뚫려서 바람이 새어 나
가지만 절대로 무너지지 않는 강력한 버팀의 힘이 있다. 태풍과
비바람 작렬하는 태양에도 끄떡없이 견뎌낸다. 얼기설기 별생각
없이 놓여있는 거 같지만 돌 하나하나가 과학이다. 근사하게 꾸
며놓은 현대식 담은 아니지만 모양도 가지각색이고 크기도 각자
다른 돌들로 얼기설기 꿰어맞춘 돌담이 못난 나 같아서 더 정이
간다. 그 돌담에 세월이 흐르면 이끼가 끼고, 석화도 피고, 담쟁이
덩굴도 타고 올라가고, 작은 벌레들도 오가며 하나의 오브제가 된
다. 그곳에 또 다른 생들이 켜켜이 묻어있다. 모든 생은 그 자체
만으로 아름답다. 은근히 눈길이 가는 섬마을 돌담처럼, 숲속 마
르지 않는 깊은 샘처럼 오래된 것들이 마음을 사로잡는다. 그것
들을 바라보며 기다림과 무언의 철학이 마음속에 차곡차곡 쌓여
간다.

내 안에 오욕들이 쌓여 꼭 보아야 할 것을 가리고, 안 봐도 되는
것들을 바라보며 눈뜬장님으로 살아온 건 아닌지. 수신제가治國平
天下 치국평천하修身齊家는 결국 내 안에 있는 것인데….

    제주 돌담처럼

비 오는 날의 수채화

비 오는 해안도로로 무심히 자동차가 굴러간다. 어느덧 성산 일출봉 근처, 물안개에 가려 봉우리만 얼핏 보인다. 창가에 흘러내리는 빗방울 사이로 잿빛 해변도로 풍경이 어스름 스쳐 지나간다. 회색 먹구름 사이로 빗방울이 점점 더 굵어지고 있다. 비 오는 날의 해변도로는 무언가 깊은 묵언을 남기는 듯 침착한 웅장함이 깃든다.

제주에서 육지로 이사를 며칠 앞두고 짐을 꾸리고 있었다. 친하게 지내던 동네 친구 부름에 갑자기 외출이다. 한순간도 아쉽다며 번개팅으로 드라이브 가잔다.

낯선 제주 땅에서 처음으로 사귄 친구들이다. 한 동네 이웃이기도 하고 같은 교회에 다니는 자매들이기도 했다. 평소 허심탄회

하게 속마음을 터놓고, 맛난 음식 먹으러 몰려다니기도 하고, 부부 동반으로 영화 관람도 하고, 땀 흘리며 운동하고 사우나 가서 서로의 등을 밀어 주기도 했다. 가끔은 자기 집에 초대해서 음식을 만들어 나눠 먹는 이웃사촌들이다. 갑자기 우리 집이 팔리고 육지로 이사한다는 소식에 섭섭해하던 차였다. 네 여자가 탄 차는 집을 빠져나와 자연스럽게 해안도로로 향했다. 마을을 벗어나 10분이면 바다와 산과 숲이 손 닿을 듯 펼쳐진다.

철 지난 바닷가에 뒤늦은 피서객들이 비에도 아랑곳없이 해수욕을 즐기고 있다. 백사장에는 아이들이 한가롭게 조개를 줍고 있고, 갯바위에는 강태공들이 여기저기 낚시를 즐기고 있다. 바람과 함께 하얀 파도 조각들이 거품을 일으키며 검은 현무암 위에 부서진다. 차창 밖으로 스치듯 그들의 모습이 스크린처럼 이어진다. 하도리 철새 도래지에는 긴 목을 빼고 더 긴 다리로 먼바다를 향해 줄지어 넋 놓고 앉아 있는 백로 떼들이 비, 비, 비를 즐기고 있다. 궂은 비를 맞으며 누구를 그토록 목 빠지게 기다리고 있는 걸까? 슬프도록 아름다운 풍경에 나도 모르게 두 뺨에 눈물이 주르르….

달리는 차 안에서 창밖을 바라보는데, 내 마음 저 깊은 바닥에서 제목도 알 수 없는 중저음의 첼로 음률이 점점 더 크게 확장되어 온다. 가슴 한쪽이 먹먹해져 왔다.

이 아름다운 제주 섬에 상처를 두고 가는 마음이 아릿하다.

　사실 집을 지을 때부터 남모르는 아픔이 있어 처음부터 이사 계획이 있었다. 하지만 지방 부동산은 매매가 쉽지 않았다. 언제 떠날지 모르지만, 흘러가는 순간들을 후회와 아픔으로만 색칠하고 싶지 않았다.

　4월이면 고사리 꺾으러 들에 나가고, 여기저기 오름을 탐방하고, 하늘 향해 쭉쭉 뻗은 비자나무 숲길을 산책하며 호흡을 가다듬었다. 붉은 동백이 온통 흐트러지는 계절엔 제주의 4.3을 기억하며 그 넋을 추모했다. 10분이면 가닿는 함덕해변은 울적할 때 찾는 단골 장소가 되고, 캄캄한 밤 라이트를 켜고 동네 어귀를 산책하는 재미도 쏠쏠했다. 불쑥 고라니와 뱀들이 놀라게 하지만 살아있는 대자연을 만끽하는 순간이기도 했다. 감귤이 무성한 계절이 오면 산책하다가 잘 익은 귤 하나씩 따 먹는 아찔한 재미도 있었다. 정원 여기저기 좋아하는 꽃들을 원 없이 심어 눈과 마음을 힐링했다. 여차저차 6년이라는 시간이 흘러가고 있었다.

　마음은 늘 그랬다. 삶의 어느 한순간도 놓치지 않고 기억의 창고에 소소한 것들로 차곡차곡 쌓아두고, 시간이 흐른 뒤 겨울 곶감 빼 먹듯 추억하고 싶었다.

　스쳐 지나가는 모든 풍광을 마음에 담으며 해변 길 예쁜 식당에 들렀다. 창밖에 부서지는 하얀 파도가 출렁거린다. 문어 부대찌개, 해물 빈대떡, 청보리 막걸리를 시켜 이별주 한 사발씩 나눠 먹고 아쉬움 가득한 수다도 한 보따리 풀어냈다.

내가 준비한 작은 선물과 직접 쓴 편지를 전해주었다. 모두 감격 감탄! 내가 줄 수 있는 것이 작고 초라한 마음뿐이어서 미안하다고, 그동안 내게 좋은 친구 해줘서 정말 고마웠다고 전했다. 분명 모두 크게 웃고 있는데 뺨에서는 눈물인지 빗물인지 모를 맑은 물방울이 흘러내렸다.

다녀와서 가슴이 후련할 줄 알았는데 더 아련해졌다. '날씨 탓이겠지.' '비가 와서 그래.' 마음을 추스르고 달랬다. 늦게 집에 돌아오니 두 남자가 오순도순 저녁을 지어 먹고 있다. 꿈속을 헤매다 다시 현실, 그렇게 우리는 제주와 하나씩 작별을 고했다.

비가 오면 생각나는 그때 그 바닷가, 잿빛 하늘과 검은 현무암에 부서지던 파도, 우두커니 비를 맞고 있던 하도리 백로 떼, 선흘리 그리운 친구들 ….
한 폭의 아련한 수채화가 내 생 한가운데를 천천히 채색하며 지나가고 있었다.

제주 돌담처럼

"우리가 가까운 거리를 갈 땐 과학자를 의지하지만,

멀리 있는 미래로 갈 땐 시인을 의지한다."

- 루이스 토머스 -

3장

소금항아리

어쩌다 어른

SBS 방송 오락프로그램 중 《미운우리새끼》는 나이가 40대 중후반인 출연자들의 일상을 리얼하게 보여준다. 김건모, 박수홍, 이상민, 토니안, 김종국 등 국내 연예인 중 내로라하는 노총각들의 생활을 그들의 엄마들이 한심하다는 듯 바라본다. 때론 폭소가, 때론 연민이 넘치는 그들의 일상을 관찰하는 것이 시청자들의 몫이다. 철없어 보이는 그들의 행동을 하나씩 보노라면 어른이 된다는 것은 나이와는 아무 상관이 없어 보인다.

대충 주어진 대로 만족하며 살려고 노력했다. 욕심 없는 나와 추진력 없는 남편과 함께 살아온 삶은 시간이 흐를수록 헐렁한 살림살이가 말해줬다. 처음부터 추진력이 없는 것은 아니었다. 결혼 초 잘 나가던 사업이 10여 년 승승장구하고는 그 뒤론 쭈욱 고

배를 마셨다. 그는 성공에 대한 미련을 쉽게 내려놓지 못했다. 실패를 인정하고 현실을 받아들이는 것부터 시작해야 했다. 하지만 아직도 눈은 예전 그 자리에서 내려오지 못했다. 그래서 인생의 선배들이 그랬나? 젊어서의 성공은 피할 것 중 하나라고….

긴 시간 되는 일이 없자 성격도 변해갔다. 내면을 정복하지 못한 화가 시시때때로 쏟아졌다. 감정이 울퉁불퉁한 비포장도로처럼 종잡을 수가 없다. 그때마다 시끄럽지 않으려고 덮어버린 것들이 어느 날 더 커다란 불덩이가 되곤 했다. 이쯤 되면 집안 기류가 냉랭해져서 온 가족이 불편해졌다. 갱년기를 넘기며 나 또한 자주 화가 올라왔다. 전엔 잘도 참아내던 인내가 바닥을 드러냈다. 착한 척하며 사는 것도 이골이 났다. 우리는 부딪치고 깨지고 아프고 슬픈 무게를 감당하며 어쩌다 보니 지금에 도착해 있었다.

이상적인 삶이란, 지금 내가 할 수 있는 최선을 다하며 내가 닿을 수 있는 최고를 향해 묵묵히 걸어가는 것으로 생각했다. 웬걸, 그것도 어느 정도 경제력이 뒷받침되었을 때 묵묵히 라는 표현할 수 있었다. 여성스럽던 내가 터프 걸이 되는 건 순간이었다. 순종형이던 내가 리더형이 되어갔다. 가정경제의 환기를 위해 아이디어를 내고 일을 도모하고 솔선수범 일했다. 현모양처를 꿈꾸던 내가 남자 셋을 휘두르는 장부가 되었다. 목소리 작던 내가 소리

통이 커졌다. 덕분에 약한 성대가 자주 쉿소리를 냈다. 마음과 행동이 따로 놀았다. 사근사근 나긋나긋한 여자가 아니라 호령하는 장수 같았다. 집안에 악역을 자처했다.

"여보, 이거 좀 치워서 안 보이는데 갖다 놔욧."

"야~ 야~ 큰아들, 빨랑빨랑 일어나지 못해?"

"야~ 슈퍼맨, 제발 운동 좀 하고 살 좀 빼라 엉?"

부끄럼 많고 소심한 남자와 40년째 살고 있다. 가족에게 성실하고 헌신적이며 부드러운 남자이다. 순한 이 남자도 지진처럼 요동칠 때가 있다. 화산처럼 폭발할 때가 있다. 누군가 그에게 자신의 잣대를 우주 만물의 법칙인 양 들이밀 때 'NO' 한다. 그래도 계속 들이대면 몇 번은 참다가 불쑥 화를 낸다. 소신껏 살아온 자아의 거미줄에 섬세한 그물을 쳤다. 보이지 않는 그 그물을 온몸으로 막아내며 살고 있었다. 그 자존감을 흔들어 댈 때 이 남자는 진노한다. 그럴 때 그의 모습은 포효하는 사자 같다. 무섭다. 언제 내가 저 남자와 한 이불을 덮고 살을 맞대고 살았는지 의아해진다.

어느 날 돌아보니 세월이 훌쩍 지나가 있었고 그런대로 잘 먹고 잘살고 있었다. 20대를 벗어나 3, 40대 그리고 정신없이 보낸 50대, 매일 매 순간이 처음 맞는 삶이었다. 실수와 실패를 번번이 치르며 세월을 보냈다. 두 번의 기회가 있었다면 더 나은 어른의 모습이 될 수 있었을까. 어느 날 별로 이루어 놓은 것도 없고 보여줄

　　　　　　　　　　　　　　　　　　　　소금항아리

것도 없이 중년이 되어 있었고 노년으로 접어들고 있었다. 어쩌다 보니 우리는 엉거주춤 어른이 되어 있었다.

그가 환갑이 되었을 때. 기념으로 유럽 여행을 다녀왔다. 삶에도 환기가 필요했다.

이순耳順이 넘어도 인생, 아직도 모를 일투성이다.

고통과 함께

"윽! 아아~"

가늘고 약한 비명과 함께 옆에 회원이 다리를 붙들고 엉거주춤 어쩔 줄 모른다. 요가 동작 중 '열정의 자세'를 하다가 무리를 한 모양이다. '열정의 자세'는 양쪽 다리를 최대한 양방향으로 벌리고 두 팔을 앞쪽으로 뻗으며, 온몸을 앞으로 구부려 힘을 빼고 숨을 토해내며 가슴이 바닥에 닿게 하는 동작이다. 천천히 호흡으로 몸의 힘을 빼는 요가 자세 중 고난도 동작이다. 고수들은 이 동작을 할 때 온몸이 바닥에 붙듯이 납작 엎드린 자세가 된다. 이 동작을 욕심내서 하다 보면 종종 이런 증상들이 주변에서 나온다. 허벅지 안쪽 신경계 인대가 무리하여 놀란 상태다. 보통 이런 경우 6개월~1년 가까이 지나야 서서히 회복된다.

본격적으로 요가 운동을 시작한 지 4년째이다. 대부분 어렵지 않게 동작을 소화해 냈다. 하지만 유난히 안되는 고통스러운 몇 동작이 있다. 회원 중에는 무리해서 따라 하다가 힘줄이 파손되는 경우도 종종 있었다. 그래서 강사는 입버릇처럼 말한다. "절대 무리하지 마세요. 자기 재량껏 하시면 됩니다. 요가는 경쟁하는 운동이 아닙니다. 매트 안의 자기 세계에서 남 눈치 보지 않고 자기 몸에 맞게 최선을 다하면 됩니다. 시간이 흐르면 모든 동작이 다 되니까 천천히 조금씩 하면 됩니다." 죽을힘을 다해 강사를 따라 해보려 하지만 오히려 역효과가 나기 일쑤이다. 처음 요가를 시작했을 때는 더욱 심했다. 동작 하나하나가 낯설고 힘들게 느껴졌다. '이 짓을 왜 힘들게 하는 거지?' 아픈 것을 넘어 고통스럽기까지 했다. 실제로 아픔만큼 근육이 되고 다음 동작의 근원이 되기 때문이다. 투덜거리며 운동을 마친다. 그런데 신기하게 힘든 동작을 두 시간 동안 끝내고 집으로 돌아올 때면 나른하지만 일상에서 구겨졌던 온몸이 개운하게 펴지는 느낌이다. 다 끝났다는 만족감과 희열이 마음 밑바닥에서 차올랐다.

요가는 눈에 보이게 바로 효과가 나오는 운동이 아니다. 시간을 두고 몸이 조금씩 회복되고 온몸의 신경세포가 살아나는 운동이다. 머리끝에서부터 발끝까지 온몸의 혈관을 깨우고 근육의 수축과 이완을 통해 서서히 신경세포가 살아나게 한다. 평소 쓰지 않던 근육을 움직여서 혈관이 돌게 한다. 심하게 몸을 움직이는 동작이 아니라서 나이 들어도 충분히 동작을 소화해 낼 수 있다. 더

불어 심신 안정이 함께 상승작용을 하여 더욱 좋다. 실제로 내 손발이 차서 겨울이면 곁에 있던 사람도 살이 닿으면 놀라 달아나는데 이젠 수족이 많이 따뜻해졌다. 그렇게 한 동작씩 완전한 동작을 향해 다가갔다. 그 고통을 겪으면서 3년을 버티었고 10년 넘게 계속 임하는 회원들도 많다. 난 아직도 갈 길이 멀다.

요가뿐 아니라 모든 세상사가 그러하다. 쉽고 편하고 순리대로 척척 되는 일은 거의 없었다. 어쩌면 고통과 함께했기에 성취감과 그 가치가 더 돋보이고 귀하게 느껴졌다. 당연하게 느껴지는 행복은 없다. 지금 우리가 느끼는 행복이라는 피상의 가치를 한 번 돌아보자. 분명 그것을 잃어본 경험이 있었을 것이다. 처음부터 가졌던 것은 당연한 것으로 간주한다. 상실의 아픔을 가졌다가 다시 찾은 기쁨, 커다란 희망이 현실이 되어 도달되었을 때 느끼는 희열, 도저히 가질 수 없던 것을 취득한 만족감…. 대부분 이러한 느낌을 행복이라 느낀다.

"인생은 고통 없이는 불가능하다."라고 철학자들은 말한다. 인류가 시작되면서 이미 원죄의 그늘에서 벗어날 수 없음이다. 이 고통스러운 현실을 가상으로 포착해 내야 하는 것이 예술가이고, 그것을 실존의 현실로 파악해 내는 것은 철학자들의 몫이다. 현실 속 고통의 바다에서 보물 찾듯이 철학을 건져내는 것이 바로 '행복'이다. 사실 삶의 오른쪽 왼쪽 각처에 불행과 행복이 늘 도사리고 있다. 스스로 느끼지 못하고 있을 뿐이다. 내가 어느 쪽을 바라보며 택하느냐에 달려있다. 어느 한쪽을 향해 시선을 고정하고 그것을 사유하고 마음의 씨를 심어 걱정 나무, 혹은 행복 나무로 키워내느냐이다.

마음에는 보이지 않는 다리와 날개가 있어서 한번 시작한 생각이 꼬리를 물고 사방으로 퍼져나간다. 순식간에 모든 사고를 점령하여 버린다. 뇌는 바로 반응하는 신경계를 움직이고, 그 사고와 맞는 호르몬을 분비한다. 하여 마음이 어느 쪽으로 향할 것인지, 사소한 생각이 얼마나 큰 힘을 발휘하는지 알아야 할 필요가 있다.

고통을 감당해 낼 수 있을 때 자유가 주어진다. 쇠사슬이 존재하지 않는 것이 자유가 아니다. 쇠사슬이 마음의 근심을 묶어내지 못할 때 자유가 주어지는 것이다. 쇠사슬을 끊어 버릴 수 있는 용기가 있을 때 비로소 자유가 선물처럼 찾아온다.

니체의 허무주의 사상이 지향하는 궁극적인 목적지는 '삶은 살 만하다'라는 것이다. 아폴론 적인 것! 어떠한 흔들림이나 동요도 없는 고요한 정좌이다. 흔들리는 광란 같은 세상의 바다에서 조각배에 올라앉아 있을지라도 굳건한 삶의 가치를 찾아 거머쥐고 절대 놓치지 말아야 한다.

삶의 기로岐路에서 고통이 내게 찾아온 이유가 분명히 있었을 것이다. 그 과정을 무사히 통과하여 한층 깊어진 자유의 맛을 알아가는 것이 행복일 것이다.

　다시 눈을 들어 세상을 바라보니 삶은 더 이상, 고해苦海가 아닌 희망의 바다일 뿐이다.

　　　　　　　　　　　　　　　　　　　소금항아리

소금 항아리

햇볕이 따갑게 내리쬔다. 과일 채소들이 지천인 풍요의 계절이다. 더위에 집 나간 입맛 챙기려면 신선한 과일 채소들이 최고다. 마트에 갔더니 커다란 봉지에 신선하게 담긴 오이지용 오이들이 자꾸만 나를 유혹한다. '저걸 담가? 말아?'

결국 오이지를 담았다. 오래전 영흥도 바닷가에서 시루떡처럼 납작한 돌을 주워 깨끗이 씻어 말려두었다. 오이지 담글 때 쓰려고 두었던 것인데 매년 요긴하게 잘 쓰고 있다. 오이가 항아리에서 삐져나가지 못하게 돌로 잘 눌러 놓았다. 며칠 후 잘 익었는지 들여다보는데 오이 몇 개가 둥둥 떠 있다. 분명 뜨지 못하게 무거운 돌로 꼭꼭 눌러놓았는데, 소금이 부족했나 보다. 몇 년 전에 사 놓은 소금이 다 쓰고 없어서 살짝 덜 넣었더니 결국 일을 냈다. 다시 사다가 항아리에 부어 간수를 빼야겠다고 생각했는데 깜빡 잊어버렸다. 굵은소금을 포대로 사다가 놓고 간수를 빼고 먹어야 오래 쓰고 몸에도 유용하다. 부랴부랴 마트로 향했다.

카트를 끌고 소금이 쌓여있는 장소로 향했다. 잔뜩 쌓여있던 소금 더미는 바닥을 보인다. 평소 2만 원 미만이던 소금값이 배 이상 올라 그 가격에 벌린 입이 다물어지지 않았다. 일단 급한 마음에 한 포대 싣고 이것저것 장을 보고 집으로 향했다. 방송에서 소금값이 천정부지로 오르고 있다고 얼핏 들었지만, 이 정도일 줄이야. 음식에 대부분 소금이 없으면 맛을 내기도 어렵고 부패를 방지하는데 소금만 한 것이 또 없는데…. 그런 생각이 미치자 '이놈의 후쿠시마 방사선 오염수' 욕이 저절로 나왔다.

아니나 다를까, 식품업, 제과 제빵업, 대기업, 가맹점 식당 등이 앞을 다투어 소금 사재기로 소금값이 금값이 되어가고 있다.

소금은 86종의 미네랄 성분으로 인체 내에 없어서는 안 될 소중한 신의 선물이다. 우리 몸은 0.9%의 염분에 의해 기초적 면역시스템을 작동한다. 병이 오는 가장 근본적인 원인은 우리 몸에 0.9%의 염분이 모자란다는 신호이다, 또한 맛을 내는 가장 기초 양념이며 식품의 부패를 막아주는 강력한 작용을 한다. 우리나라에서는 예로부터 간장, 된장, 고추장을 담그거나 김장할 때도 대량의 소금이 필요하다. 된장은 콩으로 만든 단백질 영양덩어리이다. 된장에 소금이 부족하면 시간이 지나면서 그 안에 구더기들

 소금항아리

이 바글거린다. 부패한 된장이 세균덩어리만 키우는 꼴이다.

오염수 방류가 시작되면 그 바닷물로 만든 소금, 우리가 핵 찌꺼기를 먹어야 한다는 말이 된다. 지구의 종말이 너무 가까이 스며들고 있다. 이런 일이 아니더라도 이미 지구촌 곳곳이 기후. 환경오염 외에도 총체적 난국으로 치닫고 있다. 거기에 이번 일본 후쿠시마 핵 오염수 방류 사건은 불난 집에 기름을 붓는 꼴이 되고 있다.

사람이 직접 먹고 마시는 일과 관련된 가장 기본권을 지키자는 것이다. 일본 환경단체들과 후쿠시마 어민들조차도 반대 시위가 만연한데 함께 사멸하자는 건지. 핵 오염수를 보관하는 비용을 아끼려고 바다에 흘려보내어 바다가 오염되면 일부 국가만 피해를 보는 것이 아니라 결국 지구 전체의 파괴를 재촉하는 일인 것을 설마 모를까? 바다만 그리되는 것이 아니라 바다에 사는 동식물들 모두가 기형화되고, 바다에 기대어 생존하는 실업자가 늘어가고, 이런 일들이 돌고 돌아 인류가 세계가 서서히 죽어가고 있다는 것을, 모른 척 넘길 수 있는 사안일까.

결국 모두가 예견했던 것처럼 IAEA 보고서는 '바다에 방류해도 큰 이상이 없음'을 표명했다. 세계 언론들도 앞다투어 발 빠른 일본 로비스트들의 활동 결과 소식을 전달하고 있다. 늘 그랬던 것처럼 '힘' 앞에서는 인류도, 미래도, 진실도, 평판도 안하무인이 되고 만다. 결론이 여기에 이르렀으니 당연히 방사선 오염수는 날짜만 정해지면 태평양에 방류되는 것은 기정사실이 된 것이다.

이런 와중에 국민이 화가 나는 것은, 우리나라 정부가 일본의 처지를 대변해서 그 나팔수가 되는 것이 어이없다. 그 피해는 고스란히 우리 국민과 주변 나라들인데 정부와 일부 국회의원들은 쌍수를 들어 핵 오염수 방류 환영을 표명하고 있다. 누구를 위한 정치이며, 누구를 위한 나라인지. 정치는 100년을 내다보는 것이라는데, 눈앞의 것에 연연하여 미래를 내다보지 못하는 그런 정치를 그 누가 지지할지 유권자들이 두 눈 부릅뜨고 지켜볼 일이다. 날씨는 더워지는데 이런저런 소식에 더 열기만 솟아오른다.

마트에서 사 온 소금을 한 바가지 퍼서 오이지 항아리 안에 골고루 뿌려 놓았다. 자루에 남은 것은 소금 항아리에 쏟아 놓았다. 간수가 빠지려면 일 년은 족히 걸릴 텐데. 사는 데까지는 살아야겠으니 나도 두어 포대 더 사다가 부어놔야 하나? 장독대에 고추장, 된장, 간장 항아리들이 올망졸망 앉아 있다. '머잖아 저 항아리들도 유물처럼 굴러다니는 오브제가 되겠구나' 하는 생각이 미치자, 허전, 허무, 허탈이 한꺼번에 우르르 밀려 들어와 나를 어지럽힌다.

옷차림과 첫인상

일주일에 두 번, 두 시간씩 요가 지도받는다. 그러자니 요가복이 일상복이 되었다. 요즘은 운동복을 입고 뭐든 하는 세대이니 나 또한 시류에 동참한다. 특별한 일 없는 나의 일상이니⋯. 보통 때는 요가복을 입고 풍성한 남방서츠 하나 걸치면 되고, 겨울엔 누비 통치마를 겹쳐 입고 두툼한 스웨터를 걸치고 목도리 하나 휙 두르면 변신이 가능해진다. 요가 끝나고 바로 친구를 만나 차를 마실 수도 있고, 가벼운 산책도 가능하고, 가까운 마트에 들러 장을 봐 오기도 한다. 튀지 않고 복잡하지 않고 남의 눈에 거스르지도 않으니, 맘에 든다. 그저 수수하고 편안하다.

과거에 20년 넘게 여성 의류를 취급했었다. 직업상 옷을 오래 다루다 보니 겉모습 속에 감춰진 사람의 내면이 조금씩 읽힌다.

옷차림에는 그 사람의 나이는 물론 개성과 사회적 위치까지도 적당히 묻어난다. 성격이나 습관 멋과 순간의 심리상태까지 다 드러나는 것이 옷차림이라 말할 수 있다. 그래서 요즈음은 연예인, 정치인, 내로라하는 재벌들도 전문 코디네이터가 있어서 머리부터 발끝까지 그날의 일정에 따라 연출하고 도움받는다. 액세서리 하나로 상대의 마음을 살 수 있고 넥타이 색상 하나로 호감을 얻어 낼 수 있다. 머리모양과 가방 취향과 구두 스타일로 성격이 가늠된다. 하여 신입사원 면접관이 첫인상을 볼 때 옷차림부터 시작되는 것이다.

처음 사람을 만나면 옷차림을 보고 다음은 말하는 목소리를 듣게 된다. 천천히 혹은 빠르게 말하는 습관, 그리고 굵거나 가늘고 종종 쉿소리를 내는 사람. 경박하지 않은 말투에 고급언어를 쓰는 사람, 반면 상소리가 입에 버릇처럼 남아 있는 사람, 그 습관들을 천천히 들여다보면 그 사람이 지나온 과거의 삶이 읽힌다. 몇 마디 주고받다 보면 그 사람의 내면, 가치관, 의식 수준이 드러난다.

의사, 변호사, 샐러리맨, 노동자, 식당업, 생선 장사…. 수많은 직업에 맞추어 옷차림도 다를 수밖에 없다. 옷차림으로 시작된 첫인상은 언어 습관과 교양 수준으로 그 사람의 인격을 대충 들여다볼 수 있다.

외모는 최고급 명품으로 머리부터 발끝까지 갖추었는데, 말투나 행동은 경박하고 이기적이며 최하의 교양 수준인 사람. 겉모습은 수수하고 튀지 않지만, 대화를 나눌 때 눈을 조용히 응시하며 상대의 필요를 알아차리고 낮은 목소리로 말하며 행동하는 사람 등.

사회 어느 집단에서든 골치 아픈 존재와 선한 능력의 사람은 항상 있고, 자기 본성은 어디서건 드러나게 되어 있다. 누군들 이런 부류의 사람을 한눈에 알아보지 못할까. 다만, 상황을 지켜볼 뿐이란 것을 본인만 잘 모르는 것 같다.

대추 한 알이 익어 가는 데는 사계절이 묵혀야 제맛이 배어난다. 나목에서부터 시작하여 긴긴 겨울밤 영하의 추위와 눈 덮인 살얼음을 잘 견뎌야 따뜻한 봄날을 맞을 수 있다. 새순 돋는 봄날이라고 다 좋기만 할까. 심술 맞은 봄바람과 입춘 추위를 견뎌야만 예쁜 꽃봉오리를 맺을 수 있다. 꽃이 핀다 한들, 미처 피워보지 못하고 비바람에 휩쓸려 떨어지기가 부지기수요. 남은 꽃은 따가운 햇살과 쏟아지는 장마와 비바람 천둥번개를 수십 개 맞아야만 열매 맺는다. 그 열매 중에 또다시 태풍과 재해로 솎아지고 겨우 남은 열매가 먹을 수 있는 대추가 되는 것이다. 개중에 몇은 새들과 들짐승들의 먹이가 되고 자연은 그렇게 사계절을 품으며 서로에게 자기 품을 내어준다. 동물이건 식물이건 강자만이 살아남는다. 사계절을 잘 견딘 열매는 맛이 있다. 나무 입장에서 고통과 아픔이 많았을수록 맛은 더욱 좋고 당도도 뛰어나다. 아무런 풍파 없이 자란 나무의 열매는 풍미가 덜하고 덤덤한 맛을 낸다. 대추

한 알에도 1년이라는 생이 묻어나는데 하물며 인간에게랴!

상처 많은 나무가 단단하듯이 아픔을 앓았던 사람은 그 자체가 풍부한 가치의 저장고가 된다. 삶의 변수 앞에서 의연하다. 충격이 와도 경험 많은 사람은 덜 아프다. 예방접종 맞은 것처럼 면역이 생겨 다시 일어설 수 있는 원동력이 된다.

첫인상이 생을 좌우한다 해도 과언이 아니다. 첫선, 첫 면접, 첫 출근, 첫 소개팅….

자기 인상印象은 자기가 만드는 것이다. 하루하루가 이어져서 한 사람의 일생이 된다. 부모 잘 만나서 처음부터 많은 것을 갖고 누리며 살아가는 사람이 있는가 하면, 본인 의지와 상관없이 태생부터 빈곤과 고통 속에서 대를 이어가며 악순환을 거듭하는 사람도 있다. 그들을 보면서 현대는 빈부격차가 삶의 질을 좌우하는 것 같아 가슴 한쪽이 서글퍼진다.

그러나 부모로부터 물려받은 것이 없다고, 가진 것이 없다고 한탄만 하며 살 수는 없잖은가. 이 세상 그 누구도 가만히 있는 자에게 기회를 주지 않는다. 차곡차곡 자기 인생을 완성하는 그런 의미에서 일상에서 나를 변화 시킬 수 있는 간단한 방법이 있다. 누구나 알고 있고 시작은 쉽지만, 끝까지 해 내기는 쉽지 않다. 내 스스로 의지가 굳어야 시작할 수 있다. 하지만 시도도 해보지 않고 포기한다는 것은 자신에 대한 예의가 없는 것이 아닐까.

물리적인 노력만으로 삶의 갈림길에서 헤어날 수 없다면, 정서적인 노력 '독서'와 '영화 감상'으로 위로와 지혜를 얻으라고 권하고 싶다. 혼자서도 큰돈 들지 않고도 충분히 해 낼 수 있는 도전이다. 시간을 내서 그저 즐기면 된다. 마음이 어수선할 때 생각 없이 독서나 영화에 빠져보라. 좋은 책과 명화가 주는 위로와 경험들로 마음이 부자가 된다. 동서고금을 막론하고 이보다 더 좋은 방법은 없으리라 장담한다. 혹자는 너무 고전적이며 고리타분하다고 질책할 수 있으나 책 속에 길이 있다. 그것들과 함께 한 시간만큼 가치관도 조금씩 변화되어 간다. 간접경험도 재산이 된다. 외부의 우연이 내부의 필연을 변화시킨다.

인상印象은 과거의 체험과 현재를 연결하는 정신작용이다. 마음 안에 이러한 완충제가 차곡차곡 쌓여간다면 매사에 담대하고 여유로우며 인상이 편안해질 것이다. 그리고 곧 인격人格이 보이리라. 외모에 가리어 내면을 보지 못하는 그런 편협한 시각 말고, 진짜 인상印象이 편안해지면 인생人生이 윤택해지는 것은 자명한 순서 아닐까.

침묵보다 무거운

　며칠째 가을비가 추적추적 내린다. 늦장마가 시작된 걸까. 어
둡고 칙칙한 습기가 주변을 감싼다. 며칠째 꼼짝 못 하고 갇혀 있
는 듯 갑갑했다. 마음에 환기와 바람도 쐴 겸 비옷과 장화를 걸치
고 큰 우산을 들고 밖으로 향했다. 동네를 한 바퀴 돌아 집 근처
공원 안 정자에 앉아서 바닥에 떨어지는 빗방울 물거품과 동그라
미를 넋 없이 쳐다보고 있었다.

　어디선가 승용차 소리가 나서 보니 사람이 내려서 팻말 같은 것
을 여러 개 포개어 공원 입구에 내려놓고 다시 차를 타고 사라진
다. 곧이어 누군가 피켓을 안고 공원 안쪽으로 이동한다. 무심코
그들의 행동을 눈으로 따라가며 지켜보게 되었다. 신부동 평화공
원 자그마한 광장에 세 남자가 서성인다. 서로가 무슨 얘기를 하
며 피켓을 한쪽에 세워놓고 조끼처럼 생긴 천을 각자 어깨에 두르

며 묶고 있다. 비는 오는데 우산 속에서 꼼지락거리는 모습이 매우 불편해 보인다. 우산 속 실루엣이 얼핏 70대 어르신도 있고 대부분 50~60대 남자들이다. 오후 4시가 조금 넘었다. 각자가 맡은 무언가가 있다는 듯 배낭을 메고 잠시 서성이더니 피켓 하나씩 들고 움직이기 시작한다. 그들이 들고 있는 피켓 글씨를 얼핏 읽어 보니 '후쿠시마 오염수 해양투기 결사반대' '전쟁 위기 굴욕외교 XXX OUT!!'라고, 쓰였다. 내 눈길도 덩달아 바빠진다. 그것들을 챙겨 들고 건널목을 건너 신세계백화점 앞을 지나 터미널까지 행진하며 많은 이들이 오가는 길에서 보이며 알리려는 것 같다. 비가 계속 내리 퍼 붙고 있다. 건널목까지 내 눈길이 뒤쫓으며 그들을 지켜보는데 함께 나온 남편이 저만치서 소리치며 빨리 가자고 손짓한다. 눈길은 그쪽을 향하고 몸은 남편 쪽을 향해 빠르게 걷는다.

나중에 지인을 통해 전해 들은 소식에 의하면 그들은 비바람이 몰아쳐도 매주 수요일 오후 4시에 그 장소에서 모여서 오체투지五體投地로 삼보일배三步一拜 실행하는 사람들이라고 한다. 이 나라 정치의 허술함과 국민을 기만하는 행위에 대해 시민들에게 알리기 위해 자발적으로 나선 사람들이라고 한다. 그저 이 땅의 평범한 아빠, 아저씨들이다. 다들 생업을 뒤로하고 잠시 틈을 내어 의롭다고 생각하는 일을 향해 발 벗고 나선 참이다.

무심하게 몇 주인가 시간이 흘렀다. 늦은 오후 장 볼 일이 있어서 마트 쪽을 향해 공원을 지나치고 있었다, 공원 안쪽 저만치 먼젓번 그 복장의 남자들이 서성이고 있었다. 이번에는 내 쪽에서 슬그머니 다가가 그들의 모습을 관심 두고 지켜보았다. 비 오던 날 그때와는 다르게 여러 명이 모여서 몸을 풀며 맨손체조를 하고 우르르 건널목을 건넌다. 일순 일렬로 정렬하고 삼보일배三步一拜 오체투지五體投地다. 중절모를 쓴 한 남자가 휴대용 확성기와 마이크에 대고 구호를 외친다. 나머지 남자들이 따라 구호를 외치며 세 걸음 걷고 한 번 절을 한다. 맨 뒤쪽에서 그들을 따르는 남자의 손에는 먼젓번 구호를 쓴 피켓이 여러 장 들려있다. 하늘이 유난히 맑고 푸른 가을날이다, 오후의 석양이 그들의 머리 위에서 이글거린다. 지나치는 대부분 사람은 무표정하고 관심도 없다. 몇 사람은 뒤를 돌아보고 의아하다는 듯이 힐긋거린다. 나도 마트 쪽으로 발길을 돌린다. 뭔지 모를 뭉클함과 찔림이 가슴 한구석에서 꿈틀거렸다.

그 며칠 뒤쯤 안과를 다녀오는 길이었다. 건널목에 피켓을 들고 서 있는 주부를 보았다. 앞치마 위에 천 조끼를 입고 큰 사거리 건널목 모퉁이마다 서너 명이 같은 모양으로 서 있었다. 신호를 기다리며 무심히 눈으로 그들을 지켜보았다. 천주교 여성단체에서 나온 사람들 같다. 손에 묵주를 들고 있다. 앞치마에는 '우리 아이들에게 오염수를 먹일 수 없다.' 손에 들고 있는 작은 피켓에는 '핵 오염수 투기 결사반대'라고 쓰여 있다. 아무 말도 행동도 없이 지나가는 이들에게 자신들의 생각을 알리고 있을 뿐이었다. 우리 주변 어디에나 있을 법한 이웃집 엄마, 아줌마들이다.

누구나 할 수 있는 일 같지만 아무나 할 수 있는 일이 아니다. 별일 아닌 것 같지만 아무것도 아닌 것이 절대 아니다. 평범해 보이지만 대단한 그들의 의지를 보면서 돌아가는 내 발걸음이 점점 무겁게 느껴지고 있었다. 저들은 자기가 서 있는 각자의 자리에서 평화적 시위로 각자의 목소리를 냈다. 이들이 원하는 것은 단지 국민에게 알 권리와 찾아야 할 권리를 알리려는 것이었다. 이 땅의 국민으로서 마땅히 누려야 할 자유를 향해 함께 한목소리를 내자고 온몸으로 절규하고 있었다.

솔직히 후쿠시마 핵 오염수 해양투기를 얼마 앞두고 국회는 물론 국내외 여론이 뜨겁게 시끄러웠었다. 핵 오염수 투척 시작 이후 언론과 방송은 언제 그랬냐는 듯이 조용해지고 있다. '양은 냄비근성' 국민이라고 일축하기에는 너무 빠르게 식어버린 핫이슈이다. 이 시대에 언론은 뭘 하고 있는지 시간은 무심하게 흐르고 있다. 주말마다 광화문광장과 시청 앞, 청계로는 뜨거운 시민들이 목소리를 내어 행진하는데 공영 방송사 그 아무도 보도하는 프로가 없다. 국민 귀 막고 눈 가린다고 못 듣고 안 보일까? 보통의 서민들과 함께 방송의 흐름에 따라 뜨겁게 흥분했다가 맥없이 조용한 상황에 적응하며 답답함을 안고 있었다.

외교와 국익이 국민의 생사보다 더 중요할까. 국민은 없는데 나라만 존재할 수 있을까? 백년지대계百年之大計는 교육에만 국한된 것이 아니다. 눈앞의 것에 연연하여 국가의 거시적인 안목이 묻혀버린 현실이 참으로 개탄스럽다.

산소는 눈에 보이지 않지만, 한순간도 없으면 인간은 죽음이다. 레이첼 카슨《침묵의 봄》은 농약과 살충제가 땅으로 슬그머니 스며드는 공포를 걱정한다. 바다로 소리 없이 스며드는 더 큰 공포를 인지하지 못하는 현실이 안타깝다. 가장 기본적인 생명 보존권을 지켜주는 안전한 나라에서 보호받으며 살기를 국민 누구나 꿈꾼다.

부끄럽지 않은 부모로, 부끄럽지 않은 어른으로, 부끄럽지 않은 선배로 예의를 지켜 얼룩지지 않은 문화유산을 후손들에게 물려줄 수 있기를 진심으로 두 손 모은다.

가을비는 침묵으로 일관하며 무심하게 대지를 적시고 있다. 비바람에 떨어진 낙엽들이 아스팔트 바닥에 찰싹 달라붙어 있다. 마치 꼼짝 못 하고 있는 지금의 상황 같다. 그리할지라도 꽃 피고 새 지저귀는 봄은 다시 꼭 올 것이다.

저장강박증

“아악~~”

짧은 비명과 함께 부들부들 떨며 선 자리에서 옴짝달싹 못 하고 숨이 멎을 듯하다. 그때 누군가가 나를 흔들었다. 악몽을 꾸었다. 겨우 숨을 몰아쉬었다.

귀여운 갈색 얼룩무늬 고양이가 빨간 공을 두 손으로 공손히 주인에게 가져다준다. ‘어머나 너무 귀여운 고양이네.’ 멀리서 바라보던 나는 계속 고양이를 주시했다. 고양이는 주인에게 같이 놀자고 따라다니며 발에 밟히듯이 방해한다. 주인은 하던 일을 멈추고 고양이에게 성질을 부린다. 뭔가 화난 일이 있는 것 같다. 주인은 뭔가 작두 같은 기구로 일을 하고 있었는데 철없는 고양이가 까불며 덤비다가 작두 틀에 끼여 살이 찢어지고 말았다. 그러자 성질이 난 주인이 고양이를 찢어발기어 어디론가 휙 던졌다. 그런데 하필 내 앞 덜미에 떨어져서 갑자기 숨이 턱 막혀버렸다. 온몸에 소름이 확 돋고 호흡이 멈추면서 부들부들 신음하고 있었다. 남편이 나를 흔들어 깨워 보니 꿈이었다. 어젯밤 고양이에 대한 뉴스 보도를 보면서 인상을 찌그리며 한참 의견이 분분했었다. 그래서 그런 험한 꿈을 꾸었나?

저녁 뉴스 시간에 한 아파트에서 죽은 고양이 사체 수백 마리가 나왔다는 영상이 보도되었다. 어렴풋이 영상이 그래픽으로 가려졌지만, 얼핏 보아도 어지럽게 쌓여있는 물건들과 고양이 사체들이 고물상을 방불케 했다. 홀로 아파트에서 외로움에 고양이를 의지하며 살다 벌어진 일이었다. 길고양이를 데려와 계속 한두 마리 합세하며 키우다 죽으면 냉동실에 넣고 쌓아두고 치우지 않고 또 데려오고 수년 동안 반복되면서 빚은 수난이었다. 같은 아파트 주민들의 신고로 세상에 알려졌다. 동물 사체에서 나오는 썩은 냄새로 주민들 불편 신고가 잦았는데 주인의 동의 없이 집안을 수색할 수 없었다고 한다. 오랜 시간 주민복지센터 여직원이 할머니와 유대관계를 가지며 설득한 결과 마음의 문을 열 수 있었다고 한다.

일인 가구 수가 점점 많아지는 세상이다. 더불어 동물과 동고동락하는 가구들도 많이 늘고 있다. 신경정신과 의사에 따르면 '저장강박증'이라고 했다. 혼자 산다고 해서, 동물과 함께 산다고 해서 저장강박증이 오는 것은 아니다. 마음의 공허와 우울증으로 불안한 마음에 무언가 채우려고 하는 심리가 문제가 되었다.

서울 살 때 같은 동네 주민의 집에 온갖 쓰레기들이 난무하고 집 안팎이 온통 못 쓸 물건들로 넘쳐나는 것을 목격한 일이 있다. 단독주택인데 집안에 발 디딜 틈도 없거니와 지붕은 물론 건물 밖 담장 밖까지 온갖 생활 도구들이 즐비하게 방치되어 쓰레기 더미를 방불케 했다. 그 앞을 지날 때마다 뒤를 돌아보며 고개를 갸웃거렸던 기억이 있다. 그 일도 결국 저장강박증이라는 결론이 나왔다.

포털사이트 지식백과에 따르면 저장강박증은 필요 여부와 상관없이 저장하려는 욕구로 인해 그렇게 못 할 경우 불안과 불쾌감을 느끼는 경우를 말한다. 습관이나 절약 취미로 수집하는 것과는 다른 의미로 심한 경우 정신과적 치료가 필요한 행동장애이다. 의사결정 능력이나 행동에 대한 계획 등과 관련된 뇌의 전두엽 부위가 제 기능을 하지 못할 때 이런 증상을 보인다.

미국의 심리학자 랜디 프로스트(Randy O. Frost)와 게일 스테이크티(Gail Steketee)가 저장강박증세의 사례를 연구하여 공저한《잡동사니의 역습Strff-Compulsive Hoarding and the Meaning of Things》에 따르면, 저장 강박에 관해서는 정상과 비정상의 경계가 모호하다. 물질주의자들은 소유물을 성공과 부를 과시하는 외면적 징표로 이용하는 반면, 전형적인 저장 강박 증상자는 공적 정체성이 아니라 내면의 개인적 정체성을 확보하기 위하여 물건을 저장하며, 그들에게 물건은 세상 사람들에게 보여주고 과시하는 장식적 허울이 아니라 정체성의 일부라는 것이다.

세상은 점점 복잡해지고 가족 간에도 끼어드는 추위를 막을 수는 없는 세상이다. 물질만능과 빠르게 변화하는 기계화된 개혁의 물결에 적응 못 하는 누군가는 존재한다. 다소 복잡미묘한 정신세계로 인해 어떤 관계이든 관계가 지속되는 것이 어려운 세대임은 자명해졌다. 각자 자기를 표출하고자 하는 표현 방법도 다르다 보니 더욱 그러하다.

다른 강박증 치료보다 저장강박증은 치료가 쉽지 않다. 물론 임상 심리적으로 물리적인 치료와 약물치료가 있다. 하지만 보통의 사람들과는 다른 뇌파의 움직임에서 오는 행동장애를 치료하는 데는 무엇보다도 주변 사람의 관심이 우선이 아닐까 한다. 외롭고 소외된 느낌에서 오는 우울함과 적막감이 물건을 쌓아 놓아야 안심이 되는 현상으로 대치되지 않았을까. 실제로《실험 사회 심리학 저널Journal of Experimental Social Psychology》에 실린 미국 뉴햄프셔대학의 연구 결과에 따르면, 주변 사람들에게 사랑과 인정을 충분히 받지 못한 사람이 물건에 과도한 애착을 쏟기 쉬우며, 인간관계에서 안정을 찾고 충분히 사랑받고 있다고 느끼게 되면 이러한 저장 강박 증상은 자연스럽게 사라질 수 있다고 한다.

고양이 할머니는 복지센터 직원과 더불어 정신과 치료받고 주민복지센터의 도움으로 집을 말끔히 치우고 잘 마무리되었다. 거기서 끝이 아니라 가족과 지역사회의 지속적인 관심과 배려가 있어야 재발을 방지하리라.

보통 사람도 가끔은 필요 없는 물건들을 자꾸만 쌓아두려는 경향이 있다. ‘혹시 언제 이 물건이 필요할지 몰라’ 하는 마음으로 보관해 두려는 마음. 어느 땐 아주 오래되어 소통이 없는 사람들조차도 정리 못 하고 연락처에 저장되어 있다. 혹시 나도 ‘사람 저장 강박증’ (?) 그런 생각을 하다가 피식 웃음이 나왔다. 주변을 돌아보니 어수선하다. 창고나 집안도 연락처나 쓸데없는 생각조차도 말끔히 정리해야겠다. 비워야 다시 또 채워진다니….

통증 둔감

 오래전 죽을 듯 아팠던 기억이 불현듯 떠올랐다. 태어나서 그런 종류의 아픔은 처음이었다. 가슴이 막히고 숨이 멎을 듯 시도 때도 없이 콕콕 찔러댔다. 젖가슴 바로 밑에 붉은 수포가 나더니 점점 옆으로 번지며 송곳으로 찌르듯, 아니 그 몇 배의 통증이 저릿저릿 전기 오르듯 주변을 진동시키고 옴짝달싹 못 하게 했다. 멋모르고 당하다가 깜짝 놀라 윽! 억! 소리를 수시로 질러댔다. 무심코 옆에 있던 사람도 덩달아 놀라 무슨 일이냐고 묻는다. 나중에 증상을 알고 나니 더욱 겁이 나고 힘들어졌다.

 결국은 너무 아파서 빨래를 개다 말고 퍼질러 앉아 엉엉 소리 내어 울어버렸다. 병원을 가도 별로 뾰족한 대책이 없었다. 조제약을 먹어도 별 소용이 없었다.

머칠 전부터 등 쪽이 유난히 가려웠다. 모기가 물었나? 거울을 봐도 잘 보이지 않는 부분이라 손 닿는 데까지 힘껏 올려 긁적거렸다. 그 며칠 후 계속 가려워 남편한테 들춰 보이며 좀 봐달라고 했더니 물집이 생겼단다. 아차! 싶어서 얼른 병원을 찾아갔더니 역시나…. 그렇게 아픈 기억의 대상포진이 또 찾아왔다.

15~6여 년 전하고는 사뭇 다른 진료였다. 자세히 들여다보고, 대상포진 판정을 내리고, 주사 처방과 약 처방 일주일 치를 준다. 더불어 의사가 하는 말이 무조건 잘 먹고 아무것도 하지 말고 푹 쉬란다. 덜컥 겁부터 났다. 그날부로 나는 시체처럼 누워서 먹고 자고를 반복했다. 5일쯤 지나자 조금은 완화된 것 같아 노트북 앞에 앉아 글을 쓴다.

언제부턴가 나는 통증에 둔감한 체질이 되어있었다. 큰 상처가 나도 가슴을 짜는 듯한 통증이 와도 대충 넘어갔다. 그러다 정말 심하게 아프면 반응이 왔다. 병원에 갔더니 이 정도면 엄청 아팠을 텐데…. 하며 혀끝을 찬다. 그래서 알았다. 내가 통증 둔감 체질이라는 것을…. 하도 참아서 참는 일에 이력이 났나? 지금껏 살면서 억울하고, 서럽고, 힘들고, 소리 지르고 싶고, 안 하고 싶고, 벗어나고 싶다고 내 안에서 절규하는 소리를 외면했다. 그 소리를 무시하고, 참고, 견디고, 할 말을 미루고, 불만을 꾹꾹 삼키며 한숨을 가슴팍에 묻었다. 말 수는 점점 사라지고 행동하는 모습만 보였다. 마음보다 몸이 먼저 움직이며 주변 분위기 살피기에 바빴다. 그렇게 적응하며 살다 보니 불만이 없는 것이 아니라 못 느끼고 덤덤히 사는 모양새다. 몸의 통증뿐 아니라 마음의 통증도 둔감해졌나 보다. 아니다. 좋게 생각하면 경지에 오른 것일까. 아무래도 득도를 향해 가는 중인가 보다.

MBTI 내 성격유형은 INFJ이다. 100% 맞지는 않겠지만 선천적으로 이타적인 사람이니 어이하랴. 평소 사람을 대할 때 걱정 근심 없는 해맑은 얼굴을 하며 방긋방긋 웃는다.

"웃는 모습이 참 예뻐요." 주변 사람들의 그 소리에 가스라이팅이라도 된 걸까? "좋은 게 좋은 거지 뭐…." 하면서 말이다.

마음이 힘들면 몸이 먼저 반응한다. 면역이 저하되고 그 기회를 놓칠세라 바이러스가 침투하여 몸의 가장 약한 부분의 신경세포를 공격한다. 건강하고 젊었을 때는 기초체력으로 모든 것을 견딜 능력이 된다. 하지만 나이 들면 예전의 기력을 찾기 어렵다. 지난날처럼 같은 체력의 일을 감당한다는 생각은 오산이다. 마음의 짐도 그만큼 덜어져야 한다. 노후에도 여전히 참고 인내한다면 그 또한 육체가 버거워 반란을 일으킨다. 최근에는 나이 든 사람뿐 아니라 젊은이들에게서도 대상포진이 잦아들고 있다. 그만큼 국민 기초체력이 약해지고 식습관이나 생활 습관들이 잘못되고 있음을 보여준다.

사실 최근 무리한 일들이 여러 건 한꺼번에 진행되면서 심리적 부담감이 컸다. 개인 일정과 공적인 일이 몰려 잘 이겨 내려고 사력을 다해 숨죽이며 애쓰고 있었다. 그것이 발단이었던 것 같다.

대상포진을 한 번 앓으면 보통은 재발하지 않는다고 하지만 면역체계가 약해졌거나 스트레스가 많으면 재발할 확률이 높다고 알려져 있다.

자라 보고 놀란 가슴 솥뚜껑 보고 놀란다더니⋯. 그 덕에 며칠 푹 잘 쉬고 놀았다. 다행히 약하게 지나가는 듯했다. 잠시 건강의 귀중함을 잊고 함부로 내 몸을 학대해 호되게 경고 맞았다.

이젠 엄살도 떨어야 한다고 의사가 말한다. 조금이라도 아프면 누워서 내 몸을 쉬게 해 주란다. 몸이 주는 신호를 민감하게 받아들일 나이가 된 것일까. 이번 기회에 내 몸에 대해 최소한의 예의를 갖추어 앞으로 남은 생애도 잘살아보자고 토닥토닥 꼬드긴다.

존재한다는 것

가을비가 주룩주룩 며칠째 내리고 있다. 책을 읽다가 지루하면 넷플릭스 영화나 드라마 시리즈를 정신없이 파고든다. 그것도 지루해지면 근처 카페에서 커피 한잔 마시며 책을 보거나 창밖에 지나가는 이들이나 다른 테이블 사람들을 관찰하는 버릇이 있다. 오래된 습관 같은 것. 오늘은 지나는 이들도 다른 테이블 이들도 신통치가 않다. 다시 집으로 돌아와 스마트폰 유튜브 채널을 만지작거린다.

오랜만에 유시민 작가가 신간 《문과 남자의 과학 공부》를 출간하고 여기저기서 토론 광장이다. 이번 토론 상대는 뇌 과학자 박문호 박사이다. 이들의 대화가 사뭇 진지하게 내 눈을 붙잡는다. 평소 관심 있는 작가 겸 방송인이고 토론 내용도 귀를 쫑긋하게 한다. 대뜸 유 작가가 박 박사에게 질문한다.

유 "공부란 무엇인가요?"
박 "지구라는 행성에서 인간이라는 현상을 규명하는 것 아닐
   까요."
유 "내 삶에 의미를 부여하기 위해서 인간과 생명과 자연과 우
   주를 이해하는 작업이라고 이해하면 되겠군요."

첫 질문부터 심오하게 사람을 끌어당긴다. 두 사람은 인문학이 우월하냐, 자연 과학이 우월하냐, 웃으며 말하고 있지만 대화 내용은 사뭇 진지하고 열기가 뜨겁게 이어진다. 뇌 과학자답게 인간이 과학과 만나면 일어나는 현상, 뇌 작용과 호르몬 분비 과정들을 토로했다. 유 작가는 고집스럽게 인간이 우월하여 자연을 개발하고 과학을 발전시키고 그 과정에서 생기는 자연스러운 현상들을 토로한다. 박사는 자연 과학은 과거 현재 미래를 통틀어 오래전부터 존재하고 있지만 인간이 과학이라는 이름으로 서서히 밝혀내고 있을 뿐이란 사실을 강조한다. 이쪽 말도 옳고 저쪽 말도 옳은 것 같다. 알이 먼저냐? 닭이 먼저냐? 하듯이 언쟁은 이어진다.

- 신체적 욕구가 사회적 옷을 입으면 감정이 되고, 의식 수준이 높을수록 감정의 표출도 다양해진다. 자연스럽게 의식의 흐름을 따라 관심사도 달라지는 것이 인간의 심리이다. -

- 생물은 환경의 내적 외적 원인에 의해 작용과 반작용으로 꾸준히 변화되고 환경에 맞게 변화된 종자만이 살아남는다는 설이 다윈주의다. 이 생존경쟁에서 꾸준히 살아남는 종이 우월하여 유전되고 또한 새로운 환경에 의해 계속 변이되어 가고 있다. -

대화가 깊어질수록 전문 어휘의 말 잔치다. 지적 욕구가 불끈 솟아오르는 두 사람의 언변이 오감을 통해 자꾸만 내 감성으로 파고든다. 이들의 대화는 점점 더 심도 있게 전문적으로 전개되며 흥미진진해진다. 급기야는 메모지와 펜을 꺼냈다.

결국 인간과 자연 과학은 뗄 내야 뗄 수 없는 필연 관계임을 암시한다. 자연계에서 인간을 가장 높은 위치에 놓으려 하는 인간중심 사고가 곧 인문학人文學이다. 하지만 자연은 알면 알수록 겸손을 넘어 겸허해질 수밖에 없음이다. 그 깊고 넓고 높은 속을 파고 또 파 보아도 알 길이 무구하다. 과학이라는 학문이 지금껏 인간 세상에서 밝혀 놓은 것은 빙산의 일각일 뿐이다. 인간과 자연은 서로 공생하며 살아가야 하건만 인간의 오만으로 자연은 조금씩 파괴되고 있다. 자연은 인간에게 숱한 신호를 보내며 경고했다. 적당한 경계점에서 서로 타협하고 존중해야 했다. 기후, 환경, 자원 고갈 등등. 그 감당은 고스란히 인간의 몫으로 남게 되었다.

인문학과 과학의 관계에서 다시 이야기는 '겸손'과 '겸허'에 대한 논쟁이다. 겸손은 공자, 맹자의 인간관계에 얽힌 감정이며, '겸허'

는 자연과학계의 '텅 빈 상태'를 말한다.

지구 같은 별들이 수백만 개 모이면 '성단'이고, '성단'이 적게는 수천억, 많게는 100조 개 이상 모여 있는 집단이 은하(Galaxy)이다. 우리 지구와 태양계가 속한 은하는 행성 개수가 5,000억~6,000억 개 정도로 추산된다. 우리 눈에 보이는 저 작은 빛들의 집단이 은하이다. 인간이라는 존재가 자연 앞에 얼마나 미약한 존재인지 말해준다. 눈에 보이지 않는다고 해서 존재하지 않는 것이 아니고, 존재한다고 해서 눈에 무조건 다 보이는 것이 아니다. 존재하지만 보이지 않는 무한한 대자연의 신비를 생각하면 겸허해질 수밖에 없음이다. 자연 앞에 인간은 한낱 피조물일 뿐이다.

"우리가 가까운 거리를 찾아갈 땐 과학자를 의지하지만, 멀리 있는 미래로 갈 땐 시인에게 의지한다."
- 루이스 토머스(Lewis Thomas, 1913~1993) -

나는 이 문구를 참 좋아한다. 참을 수 없는 존재의 가벼움이 느껴질 때 시詩로 위안받는다는 말 아닌가. 내가 문학과 가까워서일까? 먼 길을 떠나는 데 이성이 아닌 감성에 의지한다는 발상이 살짝 설레고 들뜨게 한다.

존재한다는 것은 우리가 자연 앞에 얼마나 하찮은 미물인지를 깨닫는 순간부터 시작이다. 은하계 수많은 행성 중 지구, 그 지구 안에 작은 나라 대한민국 그곳의 중소 도시 천안시 어느 작은 오두막에 존재하는 한 인간. 아…. 나는 얼마나 작은가!

유택 동산

삼박사일 동안 서울에서 보내고 내가 살고 있는 천안으로 향했다. 고속도로는 퇴근 인파로 북적인다. 평소 한 시간이며 가는 거리를 2시간 반 걸려 도착했다. 밤낮을 꼬박 장례식장에서 어떻게 지냈는지 머리가 어질어질했다. 3일 전 새벽 4시, 아주버님의 별세 소식에 남편과 난 어둠 속에서 한참을 넋 놓고 앉아 있었다. 모두가 예정되었던 죽음이지만 실제로 들려오는 소식에 모두 망연자실했다. 치매로 10여 년 앓았고 최근 1년간은 병세 악화로 요양병원에 입원해 있었다. 83세, 생을 마감하셨다. 가신 분을 위해서는 차라리 편안히 잘 가셨다고 다들 입을 모았다. 살아 있는 자들의 몫이 남아있었다.

장례식장 입구에 즐비한 화환들, 국화꽃 가득한 영정 앞에서 환하게 웃고 있는 사진 속 아주버님, 때때로 차려지는 제사상과 낮

선 용어들, 상주들의 통곡 소리…. 여러 가지 장례 절차에 따라 치
러지는 행사들이 무의미하게 느껴졌다. 아주 멀리 타자의 삶을
들여다보는 듯이 몽롱하고 아련했다. 오래전 돌아가셔서 용인 묘
지에 안치되신 시부모님 유골을 모셔 벽제 화장터에서 함께 화장
을 치렀다. 가족 묘지에 함께 납골로 갈 준비를 했다. 가마 순서
에 따라 기다리는 4시간 동안 벽제 화장터 주변을 돌아보았다. 배
당된 방에서 고인의 영정사진 앞에 앉아 고인의 생전 모습을 떠
올리기도 하고 답답하면 근처 찻집에서 차도 마시며 주변을 배회
했다.

먼 산을 바라보고 넋 없이 앉아 있는데 검은 옷을 입은 상주들
이 흰 장갑을 끼고 흰 보자기에 든 조그만 상자를 들고 작은 동산
을 오른다. 뒤이어 여러 명의 일행이 함께 침울한 모습으로 뒤따
른다. 내 눈은 궁금증 가득한 눈길로 그들을 뒤따른다, 차마 같이
오를 수 없어 귀만 쫑긋 귀 기울인다. 잠시 후 허망한 울음소리들
이 줄지어 들려온다. 그리고 허적허적 계단을 내려오는 소리….
계단 입구를 보니 '유택 동산'이라 쓰여 있다. '무슨 공원인가?'
호기심 많은 내가 그냥 지나칠 리 없다. 아무도 없는 틈을 타서 살
짝 올라가 보았다. 동산 밑에 나무들이 듬성듬성 있고 그 아래 커
다란 대리석 제단, 그 위에 또 대리석 뚜껑이 있다. 그 뚜껑을 열
고 유골 가루를 붓고 다시 닫아놓으면 끝이었다. 망자의 주검이
세상을 떠나가는 마지막 엄숙한 절차 안내문이 옆에 붙어 있다.

부모라는 끈을 잡고 세상에 태어나 한 줌 재로 변해 자연의 한 유기체로 산화되어 가는 곳. 그곳은 연고자가 없거나 굳이 묘지를 쓰지 않는 고인의 유골을 한 곳에 모아 유기시키는 곳이었다.

30여 년 전 돌아가신 친정 부모님의 묘지가 없어졌다. 공원묘지는 15년 주기로 재계약을 하게 되어있다, 엄마 돌아가시고 15년 후 아버지가 합장한 이후 다시 15년이 되었다. 오빠가 셋이나 되지만 모두 진즉부터 해외에 나가 있고 큰오빠는 건강이 많이 안 좋아서 큰조카가 관리하고 있었던가 보다. 그동안 출가한 딸들이 작게나마 도움을 주었으나 다들 지방에 뿔뿔이 흩어져 살다 보니 소원해졌다. 요즘 세상 자기 한 몸살기도 버거운데 물려받은 유산도 없이 조부모 산소까지 책임진다는 건 쉽지 않은 일이다. 묘지관리가 순탄치 않아서 큰 조카가 화장하여 뿌린다는 소식을 제주에 살 때 들었던 기억이 났다. 유택 동산에 올라와 주변을 돌아보니 친정 부모님도 묘지관리 기간이 끝나고 유골을 화장하여 이곳에 뿌려졌을 것 같은 마음에 순간 울컥해졌다. 다시 정신을 가다듬고 부모님과 이런저런 사정으로 이곳에 뿌려졌을 고인들의 넋을 위해 잠시 눈을 감았다.

큰아주버님 묘지는 해가 잘 들고 주변 풍경이 멀리 내려다보이는 동산이었다. 소위 명당이라 칭하는 가족 납골 묘지에 안치되었다. 형님은 멀리 차들이 지나가는 것이 보이고 가족 묘지에 모두 합장하게 되어 맘이 편하다고 흡족해한다. 좋은 곳에 모셨으니 '춤이라도 추고 싶다.' 하는 형님 모습이 왠지 낯설고 이질감이 느껴졌다. 세상에 없는 분들이 무엇을 느끼고 알겠는가.

빈손으로 왔다가 빈손으로 가는 것이 인생이고 아옹다옹 복닥거리며 살아가는 것이 또한 삶이다. 어쩌면 깨끗하게 유택 동산에 안치시키는 것이 가장 최선일 수도 있겠다 싶은 생각이 들었다. 살아남은 자들이 그들의 아쉬움과 미련으로 늦게나마 최선을 다했다는 안도감을 가지려고 장례문화를 만들어 내는 것은 아닐까. 절차에 따라 수백만 원 아니 수천만 원을 써서라도 죽은 조상을 섬기는 문화는 이제 좀 사라져야 하지 않을까. 비현실적이고 비과학적이고 비경제적인데 후손들에게 지키지 못할 숙제를 남겨주는 것 같아 마음이 조금 착잡했다.

더 늦기 전에 내 아이들에게는 유언으로 남겨야겠다.

"아빠 엄마가 이 세상을 떠나게 되면 깨끗하게 화장해서 산천山川에 뿌려다오. 바람처럼 구름처럼 흘러 다니며 자유로워지고 싶다. 살아생전 세상에 뿌리내리고 싶어서 버둥거리며 살았는데 죽어서까지 어둡고 눅눅한 무덤이나 납골에 갇히어 지내고 싶지 않다."라고….

불편한 동거

어느 순간 슬그머니 그가 왔다. 처음엔 먼지 같은 존재에 전혀 신경 쓰지 않았다. 사실 그는 존재감도 별로였고 호감 가는 스타일도 아니었다. 시간이 지나자 조금씩 정체를 드러내 존재감을 나타냈다. 인상을 쓰고 그를 째려봤다. 쭈뼛거리며 엉거주춤 그가 말했다. 잠시만 머물 수 없느냐고 아주 비굴한 얼굴로 애원했다. 싫었지만 모른 척 넘어가 줬다. 사실 사사건건 참견하기 귀찮기도 하고 저러다 말겠지, 싶었다. 분명한 건 절대로 허락은 아니었다. 당부만 했다.

"진짜 잠시만이야 오케이?" 그는 끄덕끄덕했다. 그런데 약속 시간이 지나도 떠날 생각이 없었다. 참나! 또다시 눈을 아래위로 굴리며 험악한 분위기로 몰고 갔다. 설설 기며 그가 말하길 "알았어, 알았어, 정말 갈 곳을 알아보고 있으니 조금만 더 참아 줘" 하는 거다. 속는 셈 치고 다시 기다려 주기로 했다. 이제껏 참았는데 사실 야박한 것 같기도 하고….

그리고 또 얼마간의 시간이 지났는데 여전히 그는 가기는커녕 마냥 눌러앉을 모양새다. 소리를 질러도 눈을 부릅떠도 폭력으로 두들겨 패도 이젠 누룽지처럼 딱 달라붙어 갈 생각이 전혀 없다.

"아휴! 내 팔자야. 이놈의 살아, 언제 떠날거? 제발 좀 떠나 줘! 나 좀 살려 줘!"

어려서부터 나는 편식이 심해서 말라비틀어졌다는 표현이 맞을 정도로 가족들의 걱정거리였다. 초등학교 다닐 때 입이 한쪽으로 돌아가서 병원에 진찰받은 결과 영양실조였다. 영양제 먹고 주사 맞고 입은 돌아왔지만, 마른 체질은 그 뒤로도 변하지 않고 여전했다. 편식이 심한 체 사춘기가 지나고 고3 때부터 20대 무렵은 조금 살이 오르더니 다시 제자리로 갔다. 결혼하고 아이 둘 낳고 중년이 되어도 몸무게는 더 이상도 이하도 아닌 그대로를 유지했다. 모든 여인의 부러움을 사며 축복받은 몸매라고 할 때 '당연한 것을 뭐 그리 대수로이….' 하며 우쭐했다.

중년을 넘어서며 생리가 끊기고 호르몬의 분비가 이상해지면서 살이 찌기 시작했다. 그것도 불균형하게 아랫배와 엉덩이 허벅지에 집중적으로 분포되었다. 아니, 가만히 살펴보니 팔뚝도 그렇고 얼굴도 네모가 되어갔다. 살이 내 곁에 있는 것이 불편했다. 도저히 용납되질 않았다. 조심스럽게 다이어트 계획을 세웠다.

밥은 하루 한 끼만 먹고 걷기부터 시작했다. 많이 움직이고 시간 날 때마다 스트레칭하고 만보기를 달고 다녔다. 뒷산을 오르내리며 비지땀을 흘려보았다. 급기야는 뱃살을 비틀고 꼬집고 두들겨 패고 못살게 굴었다. 조석으로 체중계에 코를 박고 숫자를 체크했다. 도대체 숫자가 늘기는 쉬운데 내려가기가 왜 그리 어려운지, 외식 몇 번 하면 우습게 2kg 가깝게 늘어버렸다. 2kg 빼려 또다시 피땀을 흘리며 노력해도 겨우 1kg 움직이는 거였다. 그렇게 노력해도 예전의 몸무게로 돌아오지 않았다. 아니, 더 이상 찌지만 않아도 좋겠는데 염치도 없이 자꾸만 수치는 올라가고 있었다. 지치고 짜증이 났다. 그냥 이대로 살아야 하나? 될 대로 돼라! 하루에도 몇 번씩 찾아드는 회의를 어찌할꼬!

생각해 보니 사실 최근 몇 년 동안 앉아 있는 시간이 많아진 것은 사실이었다. 늦은 나이에 대학에서 문학과 열애하느라 책과 컴퓨터와 하루에 7~8시간을 데이트 중이다. 원인은 그것이었다. 아무리 칼로리를 줄인다 해도 칼로리 소모량, 활동량이 없어 쌓이는 지방층은 어쩔 도리가 없는 거였다. 한 번도 살이 찐 경험이 없는 나는 도대체 이 상황에 적응하기가 힘들었다. 그렇다고 느슨하게 방치하는 성격도 못되었다. 오두방정을 떨며 노력해 봤자 며칠 후 다시 제자리로 가는 요요현상이 문제였다. 이러다 오천 평이 되어 걷지도 못하고 누군가의 도움을 받아 일어나고 앉아야

하는 것은 아닐까? 상상도 하기 싫었다. 머리를 설레설레 흔들었
다. 사실 살이 많이 찐 사람은 아예 포기 상태로 감각 없는 것처럼
살지도 모르겠다. 그런데 이도 저도 아닌 나 같은 사람들이 호들
갑을 떨기 마련이다.

　여성호르몬이 줄고 남성 호르몬이 증가하면서 지방층이 복부
와 엉덩이 부분으로 자연스럽게 번져나갔다. 그동안 방치한 벌을
제대로 받는 거였다. 오히려 중년이 되면서 군살을 뺀다고 식사
량을 줄이면 단백질과 칼슘으로 조직된 뼈와 근육을 소모해 골다
공증과 성인병을 초래한다니 빈대 쫓겠다고 초가삼간 다 태우는
꼴이 되는 건 아닐까.
　중년이 되면 다이어트가 아니라 근력 강화 운동이 필수란다. 비
만으로 인한 다이어트가 스트레스로 쌓이면 행복 호르몬이라 불
리는 세로토닌 부족으로 오히려 엄청난 식욕을 초래한다. 무시무
시한 그 상황이 오기 전에 세로토닌을 부르기 위한 포만감을 채우
러 오늘은 갈비나 실컷 뜯어야겠다. 단백질은 근육을 키울 뿐 아
니라, 근육은 성인병과도 밀접한 관계가 있으니 고기를 먹어야 하
는 타당성을 하나 더 슬쩍 얻어 본다.

　그나저나 불편한 이 동거는 이제 비켜 갈 수 없는 나의 운명이
란 말인가!
　"아휴! 살아 나를 떠나 줘 제발~~~"

죽음, 또 다른 희망

모종을 사다 심었다. 상추, 고추, 부추, 그러고 보니 추 자매다. 날씨가 포근해지면서 시장에 나가면 모종 내놓고 파는 가게가 성황이다. 작년에 이어 2년 차 도시농부다. 제주 살 때 넓은 밭에 심던 것과는 차원이 다른 작은 규모의 상자에 흙을 넣고 겨우 몇 포기씩 심어 눈으로 즐기고 하나씩 따 먹는 재미도 소소하다. 다음 날 고맙게도 마침 비가 내려 어린싹이 뿌리내리고 적응하도록 도움이 되었다. 잘 견디는지 궁금하여 자주 들여다보게 된다. 다행히 잘 적응하고 있는 듯 보인다. 한두 개가 약간 잎이 시들하다. 돋우려고 물을 주기도 하고 뽑아서 뿌리를 잘 내리게 다시 심어도 보고 며칠 동안 애간장을 태우며 신경을 써 봤는데 결국 시들시들 죽고 말았다. 애초에 약하게 태어난 아이인지, 아니면 모종 이동하면서 제대로 관리 못 해서인지, 심는 과정에서 뿌리를 다친 것인지 원인을 모를 일이었다. 한번 다쳐서 소생 불가능한 생명은 어떤 방법을 동원해도 안 되는 거였나 보다. 결국 빈자리에 다시 새 모종을 사다가 심었다.

고추 모종이 땅에 적응 못 하고 시들어 갈 때 아무 조치도 안 했다면 아쉬웠을 것이다. 정성을 다해 살려보고자 마음을 기울이고 온갖 성의를 표현했기에 다시 새 모종을 사다 심을 수 있었다. 하물며 사람에게랴.

어느 날 갑자기 불의의 사고를 당하던지 혹은 불치병이 누구에게나 찾아올 수 있다. 예고 없이 찾아오는 순간이기에 당황스럽고 무슨 결정 내린다는 게 쉽지 않다. 남은 가족들이 함부로 내릴 수 없는 결정이어서 더욱 조심스럽다. 그러기에 그 순간에 당사자의 의사가 최우선이 될 것이다.

'생명 연장 거부 신청서'를 작성했다. 자주 운동 다니는 장소 1층 로비에 봉사자들이 신청서를 상시 받고 있었다. 오가며 계속 신경이 쓰였고 시간 내어 신청해야지 하며 미루고 있었다. 어느 날 불현듯 작성을 마치고 나니 속이 시원했다. 20여 년 전 '장기기증 신청서'도 냈다. "이젠 마음 놓고 죽을 준비가 다 되었다." 농담처럼 웃으며 가족에게 당당히 말했다.

죽음에 대해 객관적인 자세가 되었다. 병들어 죽으면 어쩌나 노심초사 걱정하며 살고 싶지는 않았다. 평소 의료보험 공단에서 제시하는 정기 건강검진을 꾸준히 잘 받고 있다. 운동과 소식小

食으로 건강관리도 놓치지 않고 있다. 그렇게 건강하게 살다가 죽음이 조용히 찾아온다면 미련 없이 보내 줄 각오가 되어 있다. 예고 없이 질병이 찾아온다 해도 치료가 가능한 한도 내에서 진료받고 억지로 산소호흡기 등 생명 연장을 위해 비루한 처치를 받고 싶지 않다. 본인도 괴롭고 남은 가족들도 힘든 그 과정을 무의미하게 이어간다는 건 모두에게 비생산적이다. 국가적인 낭비이며 의료진의 헛수고와 병원만 배 불리는 처사가 아닐까.

소생 불가능한 뇌사상태의 생명은 빠른 처치와 즉시 장기기증으로 다른 이들에게 얼마든지 새 생명을 연장해 줄 수 있다. 무의미하게 생명 연장에 돈과 시간 낭비하고 의식도 없는 상태에서 가족들에게 짐을 안겨 줄 수는 없다. 내 의식이 또렷하게 정상 작동할 때 내 생각을 미리 기록해 두는 일이 필요하다고 생각했다. 의식불명 위급한 상황이 와도 미리 작성한 내 의지대로 진행되면 될 일이다. 그래서 최근에는 어르신들은 물론이고 젊은이들도 미리 이런 절차를 밟아 두는 일에 동참하고 있다. 이 절차를 통해 오히려 죽음이라는 거대한 행사가 무덤덤하게 느껴지고 더 이상 두렵지도 않았다. 생사는 늘 삶 속에서 공존하고 있다고 생각한다.

죽음이 마지막이 아니라 다시 시작이라는 말이다. 물리적인 인체의 죽음으로 인한 마지막이 아니라 그 사람이 일생 살아온 영혼靈魂에 대한 시작이 아닐까. 남은 자들이 죽은 자들을 기억하며 그의 넋을 기리고 그 정신을 이어간다는 것은 또 다른 삶이며 생존이다. 다시 말해 그 정신의 부활이며 새 생명이 이어지는 것이리라. 또 혹시 장기기증으로 인한 새 생명이 이어진다면 이보다 더 멋진 마지막이 없으리라. 엄밀히 말해 마지막이 아니라 영원으로 이어지는 길목이다. 그 후손이 후손을 낳고 그 정신이 정신을 낳고….

"내가 아무것도 희망할 수 없는 곳, 모든 것이 너무나 명백하게 종말을 가리키는 곳에서 희망을 걸었다." 니체의 말이다.
죽음의 순간에 내 의식에 반한 희망! 멋지지 않은가!

"춤추는 별 하나를 탄생시키기 위해 사람은 자신들 속에

혼돈을 지니고 있어야 한다."

– 자라투스트라는 이렇게 말했다 中 –

4장

비싼 낮잠

안개 속에서

2015년 2월 22일 오전 9시 45분쯤 영정도 서울 방향 고속도로 105중 추돌사고가 있었다. 2명이 숨지고 65명 부상. '역대 최악의 사고'라는 기록을 남겼다. 안개가 자욱한 시간 가시거리가 10m도 안 되는 것이 원인이었다. 평소 공항을 드나들 때 100km 정도의 속도를 내는 구간이었다. 안개가 끼었다 하더라도 운전자들은 자신의 운전 실력만 믿고 앞차가 보이지 않는 상황에서 속도를 내었을 것이다. 한 대가 부딪치자 한 치 앞도 안 보이던 뒤차가 부딪치는 것은 예정된 순서였다.

여러 방송사는 앞다투어 뉴스 특보로 온통 TV를 도배하다시피 떠들고 있었다. 우두커니 뉴스를 바라보다가 우리가 가는 인생길도 이와 같지 않을까 생각했다.

한 치 앞도 예측할 수 없는 안개 자욱한 새벽녘 앞차의 흐린 안개등을 의지하며 더듬거리며 가는 길이 우리네 인생길이 아닐까.

하나님을 잘 모르던 한때, 풀리지 않는 답답한 삶에 가끔은 철학관을 찾았다. 남편의 사업이 부도가 나고, 중요한 뭔가를 결정해야 할 때 답답한 심정을 속 시원히 풀고자 찾아갔다. 그들이 하는 말은 적당히 내 눈치를 봐가며 '잘될 것이다.' 아니면 '하지 마라'였다. 그 뻔한 결론을 얻으려 돈 주고 시간 주고 쫓아다녔다. 답답한 심사를 이용해 자신들의 배를 불리는 그들을 뭐라 할 수도 없지만 돌아와 생각해 보면 우매한 내가 한심스럽게 느껴졌다.

결론은 항상 내 안에 있었다. 결국 찜찜한 것은 안 해야 했고, 하고 싶은 일은 꼭 해야만 하는 내 성격 그대로 움직이면 됐다. 물어보나 마나 한 결론을 얻으려고 어른들 뒤꽁무니를 쫓아다녔다. 시댁 분위기와 큰언니의 영향을 받아 움직인 처사였다.

중학교 1학년 때 노량진 교회에서 세례받고, 20대 초반 명동성당에서 또 영세받았다. 믿음이 깊어지기 전에 남편을 만나 결혼했다. 결혼할 때 내 조건은 같이 성당에 다니는 거였다. 하지만 결혼 후 한두 번 권유로 안 가겠다는 그와 싸우기가 뭐해 나 또한 못 가고 말았다. 신실하지 못했던 신앙의 끈이 얇아서 그만 끊어질 위기였다. 한동안 나도 종교라는 틀에 매이지 않는 것이 편안했다. 얼마간 부러울 것 없이 행복하기만 했던 결혼생활이었다. 그러던 어느 날 무언가 허전하고 허무해지기 시작했다. 아이러니였다. 극도의 행복감에서 허무를 느끼는….

　정체 모를 그것을 찾아 남편이 잠든 새벽녘 혼자 몰래 집을 나섰다.

　첫 새벽 미사를 혼자 가던 초여름날, 하필 그날따라 짙은 안개가 가득했다. 어둡고 축축한 길을 더듬더듬 걸으며 두려움이 엄습했다. 한 발 천천히 내밀고 또 한 발 가면 딱 그만큼만 보였다. 옳게 가고 있는 건지 사방 분간이 되지 않았다. 기억을 더듬어 15분 거리를 30분도 더 걸려 무사히 성당에 도착하여 감격의 첫 새벽 미사를 드렸다. 3년만 이었다. 미사 시간 내내 눈물이 소리 없이 내 볼을 타고 흘러내렸다.

　'아, 나를 부르고 계셨구나!' 그 후 뜨거운 성령이 나에게 임하는 것을 느끼며 하루하루 깊은 교제를 나누는 귀한 경험을 했다. 그것은 그 무엇과도 바꿀 수 없는 평안함과 안락함, 그리고 깊은 신뢰였다. 눈에 보이지도 않고 냄새도 없고 만져지지도 않는 내 안의 거룩한 그것들로 가득 차올라 충만해졌다.

　산다는 건, 한 치 앞도 모르고 끝도 모르는 여정을 끊임없이 고민하고 염려하며 길을 나서는 것. 처음엔 어둠 속에서 불안과 공포가 엄습하지만 한 발씩 어스름 빛을 향해 가다 보면 조금씩 안정감을 찾고 잘 가고 있다는 녹색 신호도 찾게 되는 것이 아닐까. 내게는 그 빛과 신호등의 역할이 신앙을 갖게 되면서였다. 살면서 내가 할 수 있는 것은 아무것도 없었다. 갈팡질팡 어렵게 신앙을 다시 찾았다. 단지 나는 그분께 의지하고 한발 한발 걸음마를 떼는 어린아이와 같았다. 가라면 가고 오라면 오는 인생행로, 모든 것이 단순해졌다. 매일 기쁘고 감사했다. 때론 낭떠러지가 있고 첨벙대는 물길도 놓이겠지만 내 앞에서 두 손 벌려 나를 안아 일으키시는 그분이 있다고 생각하니 두렵지 않았다. 내 생각으로 뭐든 하려고 했던 과거와는 다르게 의논하고 철저히 그분의 뜻에 따랐다. 가다가 가로막히면 가지 말라는 신호로 알고 멈췄다. 죽죽 뚫리는 고속도로처럼 일이 잘 풀리면 계속 전진하라는 신호로 알고 달렸다. 늘 기도하며 그분의 의중을 궁금히 여겼다. 말 잘 듣는 어린 양이 되어갔다.

"내 양은 내 음성을 들으며 나는 그들을 알며 나를 따르느니라."

(요한 10:27)

나의 보호자이며 주인이신 그분이 절대로 나를 어두운 곳에 버려두지 않는다는 신뢰만으로 짙은 밤안개 길도 두렵지 않았다. 가끔은 내가 세상 속에서 흔들리고 있는 눈빛을 안개가 가려주고 있다는 것도 깨닫게 되었다.

나는 혼탁한 세상에서 그분의 여린 빛과 가느다란 소리만 감지하고 앞만 보며 가야 한다. 단지 귀를 쫑긋 새우고 눈을 크게 뜨고 그분의 이끄심을 알아채기 위해 오감을 열어 그분의 임재하심을 느껴야만 한다. 내 마음속 문고리는 안쪽에 있어서 나만이 열 수가 있다. 언제나 나와 동행하시는 그분께서 아주 작은 목소리로 부르실 때조차 나는 알아듣고 바로 문고리를 열어야 한다. 지금도 안개 낀 미로 같은 세상에서 비틀거리는 나를 간절하게 부르고 계시는 목소리….

“사랑하는 딸아! 나만 의지하고 나만 바라보고 오너라.”

비싼 낮잠

춤추는 별 하나

　SNS에 큰아들이 사진 한 장과 함께 글 한 줄을 올렸다. 따스한 파스텔 톤 색연필로 그린 단란한 가족이다. 그림을 자세히 들여다보니 폭신한 천 소파에 남자는 손뜨개 셔츠를 입고 다리를 꼬고 앉아 아내와 무언가 진지한 대화를 나누고 있는 듯하다. 그 옆에 웃는 얼굴의 아내가 남편 쪽을 향하여 두 발을 다 소파에 얹고 편안하게 기대어 앉아 있다. 따뜻한 차 한 잔을 두 손으로 받쳐 들고 사랑스러운 눈빛으로 남편의 말을 경청하고 있다. 소파 왼쪽에는 긴 조명등 오른쪽 작은 테이블 위에는 작은 조명등이 따뜻한 빛으로 이들을 밝히고 있다. 소파 아래 바닥에는 두 아이가 놀고 있다. 대여섯 살쯤 되는 남자 아기가 배를 깔고 엎드려서 이제 앉기 시작하는 여자 아기와 사이좋게 블록 놀이를 하고 있다. 그림과 함께 삽입된 글 내용이 재미있다.

"아내가 그린 1년 후 우리 가정의 모습이다. 소파와 전등부터 사야겠다."

이 사진과 글을 올렸을 무렵 며느리는 만삭의 몸으로 집안에 칩거하던 시기이다. 곧 태어날 아기를 위해 태교하며 그린 그림인가 보다. 첫째는 사내아이, 태내의 아기는 딸이란다. 그 그림을 보는 순간 미소가 번진다. 분명 웃고 있는데 눈가에서는 하얀 물줄기가 흐른다. 그림 안에서 묘한 아우라가 느껴졌다. 아무런 근심 걱정 없는 사랑스러운 한 가정의 모습인데 나는 왜 그랬을까?

아들은 일찍이 선교사의 꿈을 안고 무조건 앞만 보며 달렸다. 열아홉 살, 대학생이 되면서 학업은 뒷전이고 기독교 동아리 활동에 열정을 불태웠다. 잠이 많던 아이가 밤낮없이 캠프 수련회 참가하며 정신과 육체를 단련했다. 지리산 골짜기에서 자연인으로 살아가는 '민들레 공동체' 학교에 들어가 날것의 삶의 과정을 배우고 닦았다. 도시공학을 전공한 아들이 캄보디아 시골 마을 현지에 파송되어 학교와 교회를 짓는 일에 참여했다. 몽골 외곽에서 유목민들과 함께 게르에서 생활하며 사람의 향기를 심었다. 어디론가 떠났다가 집으로 돌아올 때는 좋은 옷은 다 주변에 나눠주고 제일 낡은 옷에 수염은 수북하고 삐쩍 마른 데다 시커멓게 타서 상거지가 되어 돌아왔다. 떠날 때 가지고 간 노트북, 카메라, 책, 필기도구, 옷, 남은 돈까지 현지인들에게 다 주고 후줄근하게 빈 가방으로 터벅터벅 오는 것이 다반사였다. 우리는 애가 타들어 가지만 저러다 말겠지. 생각했다. 그러나 더 깊어지는 믿음, 배우자도 같은 꿈으로 결혼 후 결국 둘이 손잡고 캐나다로 향했다. 더 본격적인 훈련에 들어갔다. 우리는 차라리 유학을 떠났다고 생각하기로 했다. 힘든 과정에 첫아이를 유산하고 모로코로 건너가 얼마간 머물다 귀국했다. 한국의 사무국에서 행정업무를 다루는 것 또한 과정이었다. 그렇게 15년의 세월이 무섭게 지나갔다.

아들이 안식년을 신청했다는 소식을 전해 들었다. 얼핏 들으니, 사람과 일, 이상과 현실의 괴리감으로 일을 잠시 접고 다른 일을 해 보겠다고 한다. 일이 힘든 것이 아니라 사람이 더 힘들다고 고백했다. 그의 인생 항로에 암초는 사람이었다. 사실 우리에겐 티도 내지 않았고 씩씩하게 잘 지내고 있는 줄만 알았다. 반대하던 부모에게 아프다고 힘들다고 하소연도 못 하였을 것이다. 이럴 줄 알았다면 그때 더 세게 그 길을 막아설걸. 그때와는 또 다른 연민들이 아들을 볼 때마다 가슴이 먹먹해져 왔다.

과정이야 어떻든 그는 지금 두 아이의 아빠로, 직장인으로 셋집을 전전하며 살아가고 있다. 자신이 바친 열정 앞에 그것들이 허상이 아닌 줄 알면서도 멈춰있는 현실이 아파서 한때는 공황장애와 싸우며 숨죽이고 있기도 했다. 또래 친구들은 세상 풍속 따라 결혼하고, 집 사고, 좋은 직장 찾아 멋지게 사는 것 같았다. 그것이 부러워서가 아니라 지금 주춤하고 주저앉아 있는 것 같은 아들의 모습이 안타까워서 얼핏 눈물이 스몄던 걸까.

첫째 아이가 태어나 말하고 자라서 어린이집을 다닌다. 둘째가 태어나고 어깨는 점점 무거워지겠지. 아들은 20대 초반부터 세상을 이기는 공부를 익히지 못했다. 그의 사고는 세상과 반대의 길로 향하여야 그분(?)께 가는 지름길이라 믿고 따랐다. 다시 현실의 낯선 자리에서 가족을 위해 가장으로서 그가 세상과 마주하며 사는 일이 녹록지 않다.

"춤추는 별 하나를 탄생시키기 위해 사람은 자신들 속에 혼돈을 지니고 있어야 한다."

〈자라투스트라는 이렇게 말했다 中〉

이 글은 10년 전 아들이 결혼할 때 축하 편지에 써 준 글이다. 그때는 세상의 혼돈을 두려워하지 말라고 써 준 글이다. 이제는 아들의 마음속에 춤추는 별 하나가 보석처럼 감춰져 있으니 더 이상 혼돈으로 자신을 몰아넣을 일은 없을 것이다. 별은 이미 그의 가슴속에 언제나 있었으니까.

그가 그토록 간구하던 선교는 먼 곳에만 있는 것이 아님을 깨달았을 것이다. 가족과 친척 그리고 가까운 이웃과 친구들이 사랑의 대상이다. 일상에서 깨어나 주변에서 교제와 나눔이 이루어질 때 세상은 저절로 아름다워진다. 그런 믿음이 그림을 보며 전해졌다. 그림을 그린 며느리의 마음이나 그림을 SNS에 올려 속내를

 비싼 낮잠

드러내는 아들의 모습이 순수하고 단단하게 느껴졌다. 소소하지만 커다란 울림을 담은 가족의 단란한 모습은 여간해서 잘 깨지지 않는 오르골처럼 방탄유리 동화 같았다. 그림 속 가족들이 세상에 튼튼히 뿌리 내리고 더 이상 아프지 않고 굳건히 살아가길 두 손 모은다. 행복은 이미 그들 곁에 있으니 아들 말처럼 소파도 사고, 전등도 사고, 집도 사고 기뻐할 일만 남았다. 어쩌면, 며느리 이름이 '기쁨'이니 기쁨도 이미 와 있는 건가?

비싼 낮잠

새벽 세 시쯤 비몽사몽 화장실을 찾았다. 볼일을 보고 나가다 어스름 거울 속 익숙한 얼굴이 스친다. 누구지? 아…. 엄마!

엄마가 일찍 서둘러 하늘나라로 떠나던 딱 그 나이쯤이다. 최근 꿈에 엄마가 자주 보인다. 어린 시절 엄마의 품을 늘 갈구했지만 바쁘고 피곤한 엄마는 내게 내줄 시간이 없었다. 아니, 마음은 굴뚝같지만, 삶의 궤도에서 벗어날 수가 없었을 게다. 몸이 허약한 아버지를 대신해서 가족의 생계를 책임지던 가장이었다. 결국 하나뿐인 육신이 여기저기 고장이 나고서야 겨우 누울 수 있었다. 비로소 힘을 뺀 엄마의 모습. 병석에 눕고서야 본인이 좋아하던 연보라색 한복을 가끔 입고 있었다. 비로소 내 엄마가 된 것 같았다. 평생의 노동에서 벗어나 병석에 눕던 날, 내게로 향하던 따뜻하고 평안한 눈빛을 잊을 수가 없다.

“고. 고.. 맙 데이….”

“미. 미..안 하 데이….”

뭐가 고맙다는 말인지, 무엇이 미안하다는 말인지 말끝을 흐렸다. 이미 뇌혈관 질환으로 발음도 시원찮았지만, 충분히 내 귀에 들리고도 남았다. 말을 끝마친 엄마의 눈가가 축축이 젖어있다. 비로소 엄마와 나의 눈높이가 같아진 시간이다. 엄마는 어린 시절 나에게 따뜻한 품을 못 내어줘서 미안했고, 20대 초반의 내가 생활전선에 서 있는 것이 아프도록 마음이 쓰였었나 보다. 그즈음 칠 남매나 되는 우리 집 형제들은 결혼, 이민, 사업 등등 다들 자기 일로 바빴다. 졸지에 나는 연로하신 부모님과 대학에 다니는 여동생, 그리고 나 이렇게 네 식구의 실질적인 가장이 되었다.

엄마가 쓰러지고 아버지의 눈물겨운 수고가 이어졌다. 평생의 미안한 마음이 아버지 손길에 묻어났다. 그 정성으로 얼마 후 겨우 걸음을 걸을 정도가 되었다. 집 모퉁이 햇볕이 잘 드는 곳에 나무로 얼기설기 만든 사과 상자에 흙을 넣고 엄마는 당신의 희망을 심었다. 엄마가 유일하게 감정의 사치를 누리는 기회였다. 거기에 가끔은 감사가 주렁주렁 열렸고 또 가끔은 눈물이 또르르 매달렸다. 여름이면 오색의 채송화와 백일홍이 가을이면 연보랏빛 과꽃이 아른아른 피어났다. 그것을 바라보며 엄마의 눈과 입가에 모처럼 미소가 스쳤다. 어쩌면 엄마가 꿈꾸던 행복은 이처럼 소소한 것이었는지도….

어린 시절 나는 비나 눈 오는 날이 좋았다. 그날은 엄마가 생업을 쉬고 집안일을 보는 날이다. 엄마는 재봉틀 페달을 밟으며 인생의 아픈 조각들을 이어 붙여 아름답고 큰 그림을 그리고 있었다. 학교가 끝나면 집으로 쪼르르 달려가 엄마 무릎을 베고 엄마의 하루 품과 바꾼 비싼 낮잠을 청하곤 했다. 빗소리를 들으며 깊은 꿈의 나락으로 빠져들었다. 내 머리를 쓰다듬는 엄마의 귀한 손길을 그 얼마나 기다리던 순간이었던가! 눈 오는 날 창밖을 바라보며 엄마와 함께 실뜨기하고 공기놀이한 기억. 오빠들은 대학까지 보내면서 딸들은 중학교도 가지 말라는 아버지 몰래 곱게 접은 쌈짓돈을 내 손에 쥐여주었다. 딸 중에서도 마음도 몸도 허약한 나를 유난히 챙기며 아끼시던 엄마. 그 가늘고 떨린 기억의 조각들이 따뜻했던 엄마의 추억으로 가슴에 남아 있다.

제주로 이사하면서 꽃밭에 몰두했다. 구절초, 버베나, 로즈메리, 라벤더, 수국, 백일홍, 쑥부쟁이 등등…. 보랏빛 야생화에 눈길이 간다. 엄마가 좋아하던 보랏빛을 나도 좋아한다. 머리는 희끗하고 화장기 없는 수수한 얼굴과 손에는 호미가 들려있고 손톱 밑은 거뭇한 흙이 박혀있다. 엄마가 쓰던 낡은 재봉틀로 들들 바지 단을 박고 소박한 원피스도 만들어본다. 조각 천을 요리조리 이어 붙여 또 다른 무늬와 모양으로 손바느질하는 것을 좋아했다. 자투리 천을 바늘로 한 땀 한 땀 이어 붙이며 언제 제 모양이 되어 나올지 기대하며 온 정성을 들인다. 작든 크든 그것은 세상

  비싼 낮잠

에 단 하나밖에 없는 작품이 된다. 그렇게 모자가 되고 가방이 되고 크게는 이불도 되었다. 어느 구석은 바늘땀이 곱고 어느 구석은 얼기설기 지나가고, 완성된 모습이 만족스러울 때도 있고 처음부터 뜯어내 다시 만들고 싶은 것도 있었다. 그렇지만 쏟았던 시간도 정열도 아까워서 못난 내 새끼 끓어앉듯이 장롱 속에 고이 넣어둔다.

삶도 그렇게 조각 천처럼 소소한 것들이 모여 이어지고 기워져서 나만의 예술품으로 만들어 내는 것이 아닐까. 위대하고 멋진 성공만이 역사가 되는 것은 아니니까. 한 사람의 길고 짧은 호흡 과정들이 한 가정을 이루고 또 다음 세대를 향해 삐거덕거리며 걸어간다.

나의 삶 여기저기 엄마의 모습이 퀼트 조각 무늬처럼 아롱다롱 새겨져 있다. 대부분의 딸은 원하던 그렇지 않던 엄마의 모습을 리폼해서 살아간다. 가끔은 햇볕이 잘 드는 창가에 앉아서 엄마 생의 데자뷔를 보는 듯한 착각이 든다. 재봉질하다가, 꽃밭에서, 장독대에서, 빨래를 널다가도 곱고 곱던 울 엄니가 문득 그리워진다.

은밀하게

　며칠 전 운동 끝나고 얼렁뚱땅 휩쓸려 나간 자리가 점심 얻어먹는 자리가 되었다. 누군가 갑자기 밥을 사 주겠다며 일행을 이끌었다. 오가며 눈인사 정도 나눈 사이였다. 처음엔 잘 모르는 사람에게 식사 대접받는 것이 부담스러웠지만 콕 집어 지정해서 부른 몇 사람이어서 뿌리치지 못하고 따라나섰다. 점심을 먹는 내내 자기 자녀, 손주 출세한 이야기, 본인이 은퇴자로서 재직시절에 한 업적을 열거했다. 그뿐만 아니라 지금도 후배를 불러내 밥 사 주고 이웃에게 자선 나눔을 한다고 침이 마르도록 자화자찬이다. 일일이 열거할 수 없는 이야기가 식사가 끝나고 나서도 계속 이어졌다. 밥을 먹었는지 무얼 먹었는지 모르게 시간이 흘렀다. 말을 한 말쯤 먹은 듯 배가 불러서 저녁까지 그것을 되새김질하느라 속이 불편했다. 덕분에 별로 알고 싶지 않은 그 집 가정사를 훤히 꿰게 되었다.

휴먼다큐 〈어른 김장하〉는 진주에 허름한 한약방을 배경으로 한 이야기이다. 주인공 김장하 선생은 60여 년 동안 한약방을 운영하면서 소리 없는 배려로 주변과 이웃을 한결같이 섬겼다.

"돈은 똥과 같아서 쌓아두면 악취가 진동하지만, 흩뿌리면 거름이 된다." 그는 말한다. 특히 아프고 힘없고 약한 자에게 힘을 실어 주고 나눔을 행했다. 20년간의 한약방 운영 수익으로 1983년 경남 진주에 명신고등학교를 세워 잘 키운 뒤에 1991년 100억 대 재산을 국가에 헌납했다. 1990년 창간한 《진주신문》에는 월 1,000만 원에 달하는 적자를 10년간 보전해 줬다. '토호 세력이 겁 없이 설치지 않도록 언론이 제 역할을 해야 한다.'라는 믿음에서였다. 요즘처럼 언론이 정권에 장악되어 눈치 보면서 편파 보도되는 일이 없어야 했기에 선생의 도움이 국민의 알권리를 지켜주었다. 가정폭력에 시달리는 여성을 위한 쉼터를 만들어 주었고, 길거리에 나앉게 된 극단이 안정적인 공연장을 갖도록 도와주었다.

그에게는 사람 존중의 정신이 늘 배어있다. 평생 1,000여 명이 넘는 학생들에게 장학금을 주었다. 장학금으로 공부를 마친 문형배 헌법재판관이 감사 인사를 하러 갔을 때 "사회에서 받은 걸 주었을 뿐이니 혹 갚아야 할 게 있다면 사회에 갚아라." 했고, 장학금을 받고도 공부는 안 하고 데모만 했다고 미안해하는 이에게 "그것도 사회에 기여 하는 길이다."라고 존중했다. 이 외에도 수많은 업적을 일절 함구했다. "아픈 사람을 대상으로 해서 번 돈을 함부로 쓸 수 없다." 하며 80이 다 된 나이에도 단벌 신사에 차도 없이 걸어서 다닌다.

그동안 많은 이들이 선생을 취재하려 했으나 끝까지 거부했다. 말년에 한약방을 그만두게 되었다는 소식을 전해 들은 기자가 선생의 주변 인물 100명을 인터뷰하면서 취재가 시작되었다. 입에서 입을 모아 나온 작업이 그 프로그램의 시작이다. 한약방을 닫기 전 마지막 인터뷰하는 남성당 한약방의 모습이 눈에 선하다. 낡은 실내 환경과 오래된 금성 마크의 에어컨, 더 오래된 듯한 나무 책상이었다. '이 시대에 진정한 어른이 없다.'라고 말을 한다. 프로그램 마지막 영상에 어디론가 타박타박 걸어가는 선생의 뒷모습에서 꼭 해야 할 일을 다 치른 듯 어깨가 가벼워 보였다. 참으로 '아름다운 사람'을 보았다. 아직은 세상이 살만하다고 느껴졌다.

영국의 작가 알랭 드 보통은 인간의 욕망 가운데 가장 큰 것은 '남이 나를 알아봐 주기 바라는 것'이라고 했다. 대부분 선행을 할 때 남이 나를 알아봐 주기를 바란다. 그런데 남이 알아주기를 바라는 것은 '자기의 의'(self-righteousness)이다. 선행 자체가 목적이 아니라 나를 드러내는 것이 목적이다. 이때 선행은 자신의 이기적 목적을 이루기 위한 수단으로 전락하고 만다.

천차만별 여러 부류의 사람이 있다. 수천억대의 재벌들도 자기

앞의 생에 눈이 벌겋게 돌아가고, 누군가는 수백억대 재산을 가지고 있으면서 더 많은 재산을 축적하기 위해 주가조작으로 불법 재산을 취득하며, 권력과 손잡고 더 많은 것을 움켜쥐려다 국제적 망신을 당하기도 한다. 김장하 선생 그도 인간인데 욕망이 왜 없었겠는가. 다만 위대한 가치를 알아보고 겸손한 수도승처럼 그것을 묵묵히 행하는 현자賢者였다. 가치관에 따라 같은 시대 같은 하늘 아래 이렇듯 아이러니가 존재한다.

성경에 '오른손이 하는 일을 왼손이 모르게 하라'는 말씀이 있다. 어려운 이를 위해 구제 활동을 할 때 보이지 않게 은밀하게 하라는 가르침이다.

선한 사마리아인으로 이 땅에서 살아가는 일이 새삼 귀하게 느껴진다.

황금률

외출준비를 끝내고 나가려다 핸드폰을 보니 진동으로 표시된 화면에 부재중 통화 메시지가 있다. 확인해 보니 S의 전화였다. 전화했더니 왠지 어색한 말투다.

"으~응, 너에게 면목이 없어서 어쩌지? 오늘 새벽에 친정아버지께서 돌아가셨어." 장지가 충청도 B 시란다. 말은 멀어서 오지 말라고 하지만 왔으면 하는 목소리였다. S는 학교 다닐 때는 무척 친했는데 사회에 나온 뒤에는 거의 일 년에 한두 번 뜨문뜨문 만나고, 그것도 내 쪽이 아닌 그녀 집안에 행사가 있을 때만 만나는 일방적인 관계로 전락하고 말았다. 서로가 일을 한다는 핑계도 있었지만, 결혼생활이 완만치 않은 그녀였기에 그녀 쪽에서는 더욱 친구들 앞에 나서기가 쉽지는 않았으리라.

얼마 전에도 거의 2년 만에 전화가 와서 집안 행사에 참여 좀 해

달라고 한다. 그것도 다른 친구들과 함께 같이 와 주었으면 좋겠다고 한다. S의 부탁이 있기도 하고 혼자 가기가 쑥스러워 몇 명의 친구들에게 제의 했다. 경제가 어려운 시기이기도 하지만 아무도 S의 초대에 응하지 않았다. 축의금을 봉투에 넣어 일단 그 행사에 나 혼자 참여하고 돌아왔다.

물론, 생사가 누구의 마음대로 되는 일은 아니지만, 행사 치르고 얼마 지나지 않아 다시 이런 통보를 받고 보니 사람이 살아가면서 겪는 여러 가지 일을 생각해 본다. 결국 나도 혼자 매장을 운영하는지라 평일 자리 비우기가 쉽지 않고 장소가 너무 멀기도 하고 이런저런 핑계로 조의금만 송금하고 말았다.

미국 작가이자 경영학 권위자인 스티븐 코비 박사의『성공하는 사람들의 7가지 조건』이라는 책에서 저자는 흔히 은행에 돈을 입금하고 인출 하듯이 인간관계에 얽힌 신뢰의 정도를 은유적인 표현을 빌려 말했다. 이를테면 입금(신뢰, 기쁨, 사랑, 헌신, 시간의 할애, 칭찬, 격려, 선물, 진정한 사과)과 인출(불신, 화, 욕설, 배신, 미움, 불친절, 거만, 오만, 자만심, 약속의 불이행)이 있다. 그것을 조절하고 관리하는 능력이 사람에 따라 다르기에 그것을 잘 관리한 자, 곧 인맥 관리를 잘하는 자가 세상에서 성공이라는 타이틀을 거머쥘 수가 있다고 설명한다. 시쳇말로 '어장 관리'를 말하는 것이었다.

세상은 하루가 다르게 변해간다. 인간관계마저도 계산기를 두드리며 살아가는 현대인들이다. 결혼 철이 다가온다. 집안 크고 작은 행사 초대장을 받는다. 꼭 가야 할 대상을 고른다. 지난번 내 행사에 그가 참여했었는지 수첩을 꼼꼼히 점검한다. 그가 얼마를 했는지에 따라 나도 같은 액수를 봉투에 넣는다. 이런 추세로 모두 인간관계를 의무적으로 지탱하고 있는 듯했다.

문득 조선시대 우리의 좋은 관습 '품앗이' '두레'를 생각했다. 두레가 촌락공동체 단위의 집단적 공동노동이라면, 품앗이는 개인적 교분으로 맺어진 촌락 내의 소집단 성원 간에 이루어지는 공동노동이라고 할 수 있겠다. 소집단 상호 간에 그 선행조건으로 상부상조 의식 또는 의리라고 할 수 있는 정신적인 자세와 때로는 처지가 비슷해야 품앗이를 짤 수 있다는 믿음과 관념들이 바탕에 깔려 있다. 어떤 행사를 치르는 과정에서 공동으로 일을 도모하며 극대화의 효과를 보려는 의도가 지금의 형태로 변화된 것이 아닐까? 결국 '품앗이'와 '두레'가 지금의 '부조금' '조의금'의 의미가 되었다.

지천명의 나이에 다시금 내 인간관계를 돌아보며 생각해 본다. 적어도 내 고객명단 각각의 상대 감정은행 계좌에 VIP 고객은 아니라도 신용불량자로 전락 되어 있는 건 아닐까. 나는 내 인맥 관리 차원에서 어떤 사람과 거래 해 왔으며 고객은 몇이나 될지. 입금은 얼마만큼 해왔으며 또 인출은 얼마나 해 왔을까? 혹시 누군가와의 관계에서 계좌가 부도가 나지는 않았는지. 나도 모르는 계좌에서 술술 빠져나가는 구멍 난 계좌가 있는 것은 아닐까.

S의 계좌는 분명 마이너스의 계좌였지만 선한 영향력으로 다시 재입금이 이루어졌다. 부지런히 동창 모임도 나오고 틈나는 대로 아픈 친구들을 찾아다니며 상처를 어루만졌다. 누구보다 자신의 인생이 아팠던 그녀는 마음의 상처를 성나지 않게 치유하는 방법을 잘 알았다. 아직 정상의 계좌로 돌아오려면 조금은 시간이 필요하겠지만…. 하긴 S 입장에서 나 또한 그리 좋은 감정 계좌는 아닐지도 모르겠다. 능동적이지 못하고 수동적인 내 모습이 다분히 계산적으로 보였을 수도 있을 테니까.

> "그러므로 무엇이든지 남에게 대접받고자 하는 대로 너희도
> 남을 대접하라."
>
> (마태복음 7:12)

'황금률'이다. '인간의 법은 받은 대로 주지만 신께서는 먼저 베풀라' 한다. 이 말씀이 오늘 나의 심장을 콕 찌른다. 과연 나는 이 말씀대로 살고 있는지….

딱, 좋은 지금

막둥이가 서른여덟 살이란다. 그 나이라고 믿어지지 않는 덩치 큰아들을 바라보며 생각이 나락으로 빠졌다. 창밖이 수런거린다. 근처 초등학교에서 수업 끝나고 하교하는 어린아이들이 조잘거리며 삼삼오오 지나가고 있다. 서른여덟 살, 그때 나는 무슨 생각을 하며 어떻게 살아가고 있었던가.

스물여섯 살! 철없는 나이에 결혼해서 주어진 일상에 적응하며 사는 것이 미덕이라고 생각했다. 당연히 그래야만 한다고 교육받으며 살아온 세대였다. 모든 생활의 초점이 자녀들과 남편이었다. 그래서 그랬을까? 그때는 다람쥐 쳇바퀴 돌 듯한 일상에서 벗어나 빨리 나이가 들고 싶었다. 책임감과 의무감의 무거운 갑옷을 훌훌 벗어 던지고 싶었다. 세상을 관조하는 노인, 어른이고 싶었나 보다.

서른여덟 살! 돌아보니 손이 많이 가는 초등학교 2학년, 5학년 두 아들과, 사업하는 남편 뒷바라지하랴, 살림하랴, 눈코 뜰 새 없이 바쁜 나날이었다. 두서없는 하루를 보내고 난 저녁이면 녹초가 되어 누가 업어 가도 모를 밤을 지새우고 새벽부터 다시 전쟁 같은 하루가 시작되었다. 이 녀석들만 대학 들어가면 모든 것이 내 생각대로 되려니 생각했다. 그때는 절대로 나 자신만을 위해 살아보겠다고 다짐했다. 내 안에 깊은 우물을 들여다보고 쓰다듬고 미뤄두었던 것들을 챙기며 실컷 놀아야지 생각했다.

마흔여덟 살! 착오도 이런 착오가 없다. 두 아이 모두 재수하고, 휴학과 복학을 반복하며 졸업을 유보하는 어이없는 결과가 찾아왔다. 대학만 입학하면 내 임무는 끝날 줄 알았는데 헐~~~ 나이가 들수록 시간이 갈수록 걱정 근심거리가 자꾸만 느는 것이다. 게다가 잘나가던 남편의 사업이 부도가 나고 이런저런 일을 도모해도 자꾸만 나락으로 떨어졌다. 이중 삼중의 고민과 걱정들이 나를 삶의 현장에 더 붙들어 놓았다.

쉰여덟 살! 아무리 삶이 고달파도 가족이라는 끈 앞에 강해질 수밖에 없었다. 초긍정의 힘을 발휘해야만 했다. 나는 세 남자의 돛이 되어 바람의 방향을 이끄는 돛배의 수장이 되어야 했다. 내

일의 더 나은 삶을 위해 오늘의 사소한 기쁨들을 밀어냈다. 점점 더 내 안의 나와는 멀어지고 꿈도 유보되고 있었다. 조금씩이라도 나를 들여다보며 아끼며 사랑해야 했다.

어느 순간 돌아보니 나중은 없었다. 그때그때 내가 좋아하는 것들을 아주 사소한 것들이라도 누리며 살아야 후회가 없다. 내일을 담보로 오늘을 저당 잡히고 비굴하고 우울하게 살 필요는 없다는 생각이 들었다. 힘은 들지만, 함께 가면 되지 않을까?

늦었다 싶은 50대에 '이렇게 무의미하게 살아갈 수는 없다.' 싶어서 자아를 찾아 나섰다. 외면하고 밀쳐두었던 그것(문학)을 찾아 조금씩 사귀며 친해졌다. 10년이 훌쩍 넘게 문학의 언저리에서 노닥거리며 놀았다. 재미있고 유익했고 살아있는 존재감을 느꼈다. 아직 갈 길이 멀다. 그래서 '더 좋은 지금'이라고 생각한다. 자녀 장래에 대한 무거운 책임감과 좀 더 윤택하게 살고자 아등바등하던 삶의 굴레에서 무거운 갑옷을 벗은 자유로움까지 생겼다. 나는 지금 일생을 통틀어 누가 봐도 '딱 좋은 지금'과 밀당하고 있다.

서른여덟 살, 작은아들은 아직 나와 한집에 산다. 어린 시절부터 개구쟁이였다. 사람 좋아하고 집보다 친구가 더 좋아 나가 있는 시간이 더 많았던 아들이다. 보스 기질이 있어서 늘 친구들을 몰고 다녔다. 맞벌이 부모여서 허구한 날 집에 친구를 몰고 와 냉장고를 거덜 내고 가는 골목대장이었다. 사춘기를 앓고 적어도 이 아이는 20대에 우리 품을 떠날 것이라고 예견했었다. 오산이었다. 우리가 슈퍼맨이라 부르던 그 아들은 아직 자기 둥지를 만들지 못했다.

우여곡절 끝에 아들은 요리사가 되었다. 어려서부터 집 안에 있는 식자재를 털어 만든 요리를 주변에 먹이던 일이 재미 들었나 보다. 만드는 요리마다 제법 맛을 내는 재주가 있었다. 제주에 살 때 피자, 돈가스, 햄버거를 파는 브런치 카페를 운영했었다. 누구에게 요리를 배운 일도 없고 식당에서 일해본 적도 없는 녀석이었다. 혼자 연구하고 인터넷 검색하고 유명 맛집 찾아다니며 노력한 결과였다. 가게는 제법 인기도 있었고 연예인들도 찾아오고 맛집으로 인정받았다. 여러 가지 이유로 제주에서 육지로 다시 이사 하게 되었다. 변변한 연애도 없이 20대가 훌쩍 지나가 버리고 어느새 30대 중후반이 되었다.

제주의 〈쭈니창고〉를 천안 신부동에 다시 오픈했다. 햄버거, 돈가스 가게이다. 처음에는 엉거주춤 어설픈 매출에 사업도 연애도 이러다가 다 망치는 거 아닌지 걱정스러웠다. 일 년이 지나자, 단골이 생기고 맛집으로 알려지면서 손님이 북적이기 시작했다. 드디어 빛을 본다고 우리는 손뼉을 쳤다. 어려서부터 자연스럽게 주방과 친하더니 직업이 될 줄이야. 대학도 호텔관광학과와 조리학과에 동시 합격했을 때 나는 망설이지 않고 호텔관광학과로 지망하라고 했었다. 대학 졸업 후 이것저것 해 보며 불투명한 앞날을 애태우던 아들이었는데 비로소 자기 자리를 찾은 것 같아 마음이 놓인다. 결국 돌고 돌아 자기 자리로 찾아간 꼴인가. 자기가 좋아하는 요리를 직업으로 택해 우직하게 버틴 아들이 제법 대견해 보인다. 요즘은 단골손님으로 오던 아가씨와 핑크빛 소식도 오가고 있다. 사업도 연애도 딱, 좋은 지금이다.

내가 살아온 세월과 아들이 살아온 시간은 너무 다르다. 내가 어렵게 살아와서인지 아이들은 세상 눈치 보지 않고 자기 하고 싶은 일을 하며 행복한 지금을 살기 바랐다. 가장 좋은 것은 '자기가 좋아하는 일이 직업이 되는 거'라는데 딱 그런 모양새가 되었다. 그래서일까? 두 아들 모두 걱정도 근심도 없고 늘 기분 좋은 남자로 보인다. 세상의 눈높이로 본다면 쥐뿔도 없는데 느긋하고 여유롭다. 지금이 좋으면 하루가 행복하고, 하루가 기쁘면 한 달, 일년, 아니 남아 있는 삶 매 순간이 다 감사하고 행복해질 것이라 믿는다.

요리를 내놓고 손님이 맛있다고 극찬할 때 아들은 카타르시스를 느끼며 살아있는 것 같다고 말한다. 직업병으로 손목이 늘 아파서 압박붕대를 감고 있어도 "이런 맛에 요리사 하는 거지." 하며 행복한 너털웃음을 웃는다.

아들과 나는 나이에 상관없이 '딱, 좋은 지금'과 열애 중이다. 카르페 디엠!!!
"그나저나 우리 너무 오래 붙어산 거 아니니? 나도 좀 너로부터 해방되고 싶은데 얼른 장가 좀 가주면 안 되겠니?"

소금인형

책을 읽고 있다가 문득 창밖을 향해 초점 잃은 시선을 던지며 상념에 젖는다. 노을빛이 유난히 붉게 창밖을 물들이고 있다. 거리 가로공원에 줄지어 선 벚꽃 나뭇잎이 알록달록 물들어 눈길을 끈다. 그 위로 햇빛이 반사되어 더 반짝거린다. 바람결에 마른 잎들을 떨구며 천천히 스윙 모드 춤을 춘다.

'나는 무엇을 찾으며 살고 있는가.'

세상의 수많은 사람이 향하던 그 길을 나도 묵묵히 향해 간다. 빈 껍데기 같은 허상을 향해 맥없이 살아가던 지난날의 내 모습이 투영된다.

'우리는 무엇을 향해 가고 있는가.'

앞뒤 맥락도 없이 질문들이 내 머리 위에 톡 톡 떨어지는 가을 오후다.

'바다의 깊이를 재기 위해 바다로 내려간 소금인형처럼 당신의 깊이를 알기 위해 당신의 핏속으로 뛰어든 나는 흔적도 없이 녹아 버렸네.'

습관처럼 틀어놓은 FM 라디오에서 노래가 흘러나온다. 류시화의 시에 가수 안치환이 노래로 만들어 불러 많은 청취자의 호응을 얻었다. 사랑의 덧 없음을 노래했다. 진실의 깊이는 당사자 간만이 아는 사실이다. 그것이 절체절명의 사랑이건, 법정의 다툼을 논하는 사사로운 시비이건, 혁명을 위한 피 튀기는 전쟁일지라도 모든 진실은 쌍방만이 속속들이 아는 것.

성경에 '소금기둥' 이야기가 나온다.

아브라함이 조카 롯과 함께 가나안 땅에 머물다 가뭄이 들어 이집트로 피신하던 때. 땅 위에 사람들이 악으로 가득 차 하나님께서 불로 심판하기 전, 롯의 일가를 가엾이 여겨 그곳을 빨리 피신하라고 일러주었다. 그곳을 떠날 때 뒤돌아보지 말고 지체함 없이 떠나라 일렀다. 롯과 아내와 두 딸이 함께 피신하다가 그의 아내는 남겨 놓은 땅의 소산에 미련이 있어 뒤돌아보며 지체하다가 소금기둥이 되었다.

이 전설 속의 소금기둥은 과거 영화로움에 대한 어리석은 미련이 초래한 재앙 이야기이다.

인간은 이처럼 지나가 버린 영화를 못 잊는 습성이 있다. 더 많은 영화를 누리기 위해 욕심을 부려보지만 예기치 않은 순간에 다 잃을 수 있음을 간과하지 못한다. 소금인형이나 소금기둥처럼 눈에 보이는 허상을 찾아가고 있는 우리들인지도 모른다. 삶의 과제처럼 남아있는 질문들을 가슴에 묻으며 늘 고민하고 묵상하며 살아간다.

"모든 것을 얻기에 이르려면 아무것도 얻으려 하지 말라."

- 십자가의 성 요한 -

마음을 텅 비우면 다시 가득 채워진다는 단순한 진리이다.

색즉시공 공즉시색色卽是空 空卽是色 반야심경에 나오는 유명한 구절로 물질세계와 정신세계의 상호 관계를 설명하는 개념이다. 보이는 것[色]과 보이지 않는 것[空], 그리고 비어 있는 것처럼 보이는 정신세계가 실제로는 물질세계를 구성하는 본질이라는 의미이다. 우리의 인식과 관념으로 인해 모든 것이 있고[色] 없음[空]이다. 우리는 많은 것을 얻으려다 가장 중요한 것을 잊고 살아가는 것은 아닐까.

비싼 낮잠

퀘렌시아 (Qurencia)

"삶과 죽음, 이를테면 결렬한 죽음을 볼 수 있는 유일한 장소는 전쟁이 끝난 오늘날에는 투우장뿐이다. 그래서 나는 투우를 연구할 수 있는 스페인에 몹시 가고 싶었다." 어니스트 헤밍웨이가 1932년 발표한 책 『오후의 죽음』에 기록된 글이다. 실제로 그는 스페인의 '론다' 지역에 오래 거주하며 투우를 연구했다. 투우 경기를 이해하기 위해 수백 번 넘게 스페인의 투우 경기장을 드나들었다. 오랜 시간 경기를 관찰한 그는 "퀘렌시아가 있을 때 소는 더할 수 없이 강해져서 쓰러뜨리는 건 거의 불가능하다."라고 말했다.

몇 년 전 스페인 여행 중 '론다'에서 하얀 벽으로 두른 투우 경기장을 보았다. 그날은 투우 경기가 열리지 않은 날이라 잠시 경기장 주변을 어슬렁거리다 돌아왔다. 그 담벼락 외관을 스치는데 마치 관중들의 열광하는 에너지가 살아나듯 도시 또한 유난히 뜨거웠다.

투우 경기에는 소와 투우사의 보이지 않는 힘겨운 암투가 있다. 투우사의 눈에는 잘 보이지 않지만 소만 아는 은밀한 구역이 있다. 소가 전력을 다해 싸우다 지쳐 쓰러지기 직전 잠깐 숨을 고르고 쉬는 곳, 그곳이 '쿼렌시아'이다. 스페인어로 '안식처' '피난처'란 뜻이다. 사전적 의미로는 '애착' '귀소본능'이다. 잠시 휴식을 취한 소는 더 강해져서 투우사와 다시 혈투를 벌인다. 죽기 살기로 달려든 소를 어찌 감당하랴! 투우 경기에서 투우사가 싸움에서 이기려면 그 장소를 알아내어 소가 그곳으로 못 가도록 막아 지쳐 쓰러지게 해야 한다. 그때 비로소 투우사의 승리가 결정된다. 스페인의 투우사 페트로는 은퇴하기까지 6천여 마리의 황소와 결투한 전설적인 투우사이다. 페트로가 투우 경기장 안에서 극도로 긴장하며 막아섰을 흥분했던 수많은 소의 쿼렌시아를 생각해 본다. 지나온 나의 삶에서 절실하게 피하고 싶고, 숨고 싶고, 쉬고 싶었던 순간이 있었던가.

수년 전 남편 사업의 부도로 어떻게든 다시 일어나 보겠다고 중국을 오가며 함께 의류 일을 도모했었다. 우여곡절 끝에 한국으로 다시 돌아와 보니, 산더미처럼 쌓인 재고 물건들이 창고에 빽빽이 들어차 있었다. 숨이 턱까지 막혀 왔다. 사춘기 아들의 돌발

로 학교장실과 경찰서를 드나들 때, 사람들 사이에 불신과 편협함
으로 거리감이 느껴질 때, 가슴이 답답해지고 호흡이 가빠지고 두
뇌가 멈춰 지진이 날 것 같았다. 지금까지 살아오면서 진퇴양난
의 기로에 서 있었던 순간이 한두 번이던가. 어이없는 그 순간에
정신 나간 여인처럼 나는 슬그머니 나가 화단에서 서성거렸다.
머리를 비우고 얽힌 생각들을 풀어놓으며 손놀림이 바빠진다. 하
다못해 손바닥만 한 화분에 핀 꽃잎을 정성스레 닦아주면서 긴 한
숨을 녹였다. 단순한 손놀림으로 오롯이 한 객체에 몰입하며 시
든 잎을 따내고 분갈이를 하고 물을 주며 마음을 다졌다. 마치 이
화초에 주는 내 정성스러운 손길을 통해 온전하고 예쁜 꽃을 피워
내듯, 얽히고설킨 내 삶도 그렇게 정리 정돈되리라 믿고 싶었는지
도 모르겠다.

친정엄마는 꽃을 좋아했다. 꽃과 함께 있는 엄마의 모습이 내겐
완전체였다. 흰색, 노랑, 핑크, 빨강, 연보라 꽃잎들을 보면 사랑
스러움, 평안, 안전함…. 그런 이미지가 떠오르며 입가에 미소가
번진다. 노년을 바라보며 뒤돌아보니 나 또한 늘 꽃과 함께 있었
다. 신혼 시절, 단칸방 창가 작은 유리컵에 초록 아이비 한 가지라
도 담겨놔야 맘이 편안했다. 집을 옮길 때마다 이삿짐에 꽃 화분
이 자꾸 늘어나 남편한테 지청구도 많이 들었다. 제주로 이사를
하고 집을 지으며 가장 정성을 들인 부분이 서재와 정원이었다.
돈을 많이 들여 근사하게 꾸민 정원은 절대 아니다. 내 손을 거쳐

돌과 잔디와 사철 들꽃이 하나하나 적당한 위치와 알맞은 시기에 피어나 잔잔한 조화를 이루는 것을 제일 신경 썼다.

모양도 색도 피어나는 시기도 다른 것이 애절한 내 바람을 아는지 알맞은 시기에 요염한 몸짓으로 시선을 사로잡았다. 꽃밭에서 해 뜨기 시작해서 해 질 때까지 배가 고픈지, 목마른지도 모르고 머물렀다. 힘든 시간이었지만 그곳에서는 모든 잡념이 사라졌다. 사람에게는 눈에 보이는 겉 사람과 내면의 속사람이 있다. 육신과 영혼, 나의 겉 사람은 꽃밭에 머물 때 가장 평안했다.

가시밭 풍랑 같은 세상 길 위에서 앞길이 보이지 않아 막막할 때, 나의 속사람이 귀소본능을 느낄 때 조용히 서재로 들어가 칩거한다. 가지런히 꽂혀있는 책장과 봐야 할 책이 잔뜩 쌓여 있는 책상을 지나 앉은뱅이책상 앞에 앉는다. 언제나 정물처럼 펼쳐져 있는 성경책으로 저절로 손이 간다. 얇고 팽팽한 종이의 질감을 따라 책장을 넘기며 깨알 같은 글자 위를 춤추듯 눈길이 바쁘다. 드넓은 바다에 그물을 던져 고기를 낚듯이 두툼한 책 안에서 지금 내게 딱 필요한 평안의 빛인 말씀 한 구절을 찾는다. 그 안에 고요하게 머물며 명상과 묵상으로 답을 기다린다. 같은 구절을 수백 번 읽어도 내 마음 갈피의 무게에 따라 그때마다 울리는 감동과 느낌은 천차만별이다. 어느 땐 질책의 말이, 때로는 위로의 말이 나를 기다리기도 했다. '아, 내 탓이구나.' 했다가 '이래서 오해가 있었구나.' '내가 더 품어야 했었는데….' 하는 깨달음이 왔다.

때로는 반짝 빛나는 문장이 떠올라 일필휘지로 한편의 글이 완성되기도 한다. 그것은 때로 시가 되고, 노래가 되고, 수필이 되고, 동화가 되기도 한다. 무엇보다 세상 가치와는 무관한 심연의 깊은 가치를 길어 올린다.

꽃밭에서 가장 예쁜 '꽃'을 하나 꺾어 내 마음 밭에 꽂아 두고 그것을 바라보며 평정을 찾아가는 것. 아픈 가시 같은 한 말씀에 이끌리어 되새기며 내게 꼭 필요한 깨달음과 지혜를 발견하는 것. 서서히 온몸에 힘이 빠지고 나른해지며 속사람과 겉 사람이 마주한다. 그때 비로소 영육靈肉이 함께하는 안정감이 찾아온다. 그리곤 다시 피어난다. 다시 깨어난다. 아무 일 없었던 것처럼 더욱 생생하게….

소풍

일곱 살, 두 살 남매, 손주가 놀러 왔다. 봄날 볕이 좋아 근처 '도솔 공원'을 찾았다. 집 가까이 자연 친화적인 공간이 있어서 얼마나 다행인지. 넓고 큰 야외 음악당 나무 바닥에서 녀석들이 마음껏 소리 지르며 뛰논다. 한쪽 그늘에 돗자리를 깔고 하늘 향해 누웠다. 집에서 가져온 간식과 보온병에 가져온 커피를 따르자 향기로운 봄바람 냄새와 섞이어 코끝이 쨍해진다. 따뜻하고 잔잔한 파문이 가슴 저 밑바닥에서 스멀스멀 기어 올라온다. 왠지 익숙한 느낌이다.

일곱 살짜리 사내 녀석은 파릇파릇 새순이 돋고 있는 풀을 뜯고 모래를 모아 소꿉놀이에 빠졌다. 겨울 동안 떨어진 낙엽과 잔가지들이 모두 소품이 된다. 어디서 본 것은 있는지 잔가지를 얼기설기 놓더니 그 위에 종이컵을 얹어놓으며 장작불을 지피겠단다. 한참을 씨름하더니 근사한 밥상을 차려놓는다. 애들 엄마가 곁에서 맛있다며 탄성을 지른다.

"어머나 세상에 이렇게 맛있는 밥상은 처음이어요. 다엘 쉐프님 정말 짱!" 하며 엄지척을 내민다. 아이의 입이 헤벌쭉해지며 어깨에 저절로 뽕(?)이 올라간다. 칭찬은 고래도 춤추게 한다고 그랬던가. 자신감이 한껏 생기고 또 다른 놀잇감을 찾으려 머리 회전하느라 바쁘다. 이제 또 무얼 하려는지 돌멩이들을 하나씩 모으며 찾아 나선다.

위험한 자동차나 자전거 애완견들도 오지 않는 유일한 공간이라 또래 꼬마들이 하나둘씩 모여든다. 일요일 오후 3시쯤이라 다들 일탈을 하러 나온 모양이다.

두 살짜리 여자아기는 알아들을 수 없는 말들을 옹알거리며 자꾸만 달아난다. 아직 말이 늦어서 엄마 아빠 정도이다. 이제 걸음마를 떼고 제법 자신감이 붙은 모양이다. 기저귀를 찬 통통한 궁둥이를 씰룩거리며 뒷짐 지고 걷는 것이 새끼 오리 같다. 앞만 보고 걷다가 뭐를 봤는지 냅다 달린다. 멀리 강아지 산책시키는 사람을 보고 그쪽으로 몸을 돌린다. 입으로는 "멍 멍" 하면서 무작정 그쪽으로 잽싸게 움직인다. 아기 뒤를 조용히 뒤따르던 아빠가 정신없이 따라서 뛴다. 얕기는 하지만 계단이 두어 개 있는데 그것도 모르고 앞만 보고 바쁘게 달린다. 순간 아빠가 얼른 손을 내밀어 몸을 잡는 바람에 앞으로 넘어질 뻔한 것을 면했다. 순간 아찔 큰일 날뻔했다. 아기를 품에 안으며 놀란 가슴을 뒤로 하고 아빠가 활짝 웃는다.

"아이고, 우리 다미는 달리기 선수가 되려나?"

다미가 더 아기 때는 성격이 매우 조심스럽고 소극적이고 겁 많은 아기였다. 늘 엄마 아빠가 위험에서 무조건 보호해 주고 이뻐한다는 것을 인지하고 난 후부터 조금씩 성격이 바뀌고 있었다. 안심하고 자기를 내어 맡길 수 있다는 것을 온몸으로 말했다. 소파에서 평면을 걷듯이 바닥으로 내리 딛는 것을 몇 번인가 붙잡으며 뒤로 내려오라고 가르쳤다. 그 뒤 알아들었는지 조심스럽게 뒤로 내려왔다. 자기 발로 걸을 수 있게 되면서 조금씩 과감해지고 적극적인 의사 표현을 하며 행동에 임했다. 믿음은 이렇듯 사람을 확신 있게 변화시킨다.

아빠와 엄마가 자기를 믿어주고 언제든 위험에서 건져주리라는 확신이 있기에 아기는 부모라는 울타리 안에서 몸과 마음이 건강하게 성장할 수 있다. 그렇게 자신감도 배우고 위험도 견뎌내면서 점점 바른 어른이 되어갈 것이다.

"믿음은 바라는 것들의 실상이요 보이지 않는 것들의 증거이니"

(히브리 11:1)

신앙이라는 믿음도 다를 바 없다. 세상이라는 위험천만하고 변화무쌍한 길 위에서, 삶이라는 소풍 길 위에서 나를 안전하고 바른 곳으로 인도 하리라는 강력한 믿음, 이것이 곧 신앙의 길이다.

 비싼 낮잠

한 생이라는 마차

　스산한 겨울이 지나가고 햇살 좋은 날이 펼쳐졌다. 더불어 여자 주변에 모임 소식으로 들썩거린다. 벌써 예약 잡아놓은 것만도 서너 건이다. 게다가 아직 잡히지 않은 일정도 있다. 여기저기에서 전화가 오고 단체 카톡 방이 시끄럽게 울려댄다. 국내 일정은 물론이고 해외 일정까지, 사실 여자 자신도 복잡하고 어지럽고 귀찮기도 했다. 하지만 여자는 성격상 거절을 잘 못하고 '좋은 게 좋은 것'으로 뭐든 융화되고 화기애애한 분위기를 좋아했다. 주변에 늘 사람이 많고 어디를 가도 새로운 사람들과 잘 지낸다. 그러다 보니 여자도 모르게 모임이 생기고 만나야 할 일들이 쌓여간다. 이를 말없이 지켜보던 남자의 불화살이 냉랭한 집안 분위기로 몰아갔다.

　4일 만에 남자의 마음이 녹았다. 시베리아 벌판의 찬 기류가 쌩 쌩 몰아치던 집안 분위기였다. 남자는 사람을 만나는 일이 피곤하고 그로 인해 파생되는 여러 일들이 귀찮고 무의미하게 느껴졌다. 술 담배를 하지 않아서인지 사람들과의 교류 자체가 소원 해져갔다. 사회생활 은퇴한 후에는 더 심해졌다. 젊은 시절 전쟁처럼 살아온 경제활동에 지치기라도 한 걸까. 차츰 은둔형으로 자아를 그늘 속에 가두고 혼자 컴퓨터와 놀고, 산책하고, TV 보고 집 안에 있는 것을 좋아한다. 사람들과의 교류는 전화나 SNS로 대신한다.

한 영혼이 누군가와 동행하며 산다는 건 어떤 의미일까? 개성이 확연히 다른 남녀가 한 지붕 아래 생사고락을 함께 나누며 평생을 함께하는 일이 쉽지 않다. 두 사람의 가치관은 냉탕과 온탕만큼이나 상반되었다. 중년이 넘어서면 남녀가 호르몬 분비가 바뀐다더니 딱 그런 모양새로 변해갔다. 너무 다른 성향으로 서로가 대충 못 본척하며 일상을 스치고 지나간다. 그러다가 한쪽이 지나치게 자신에게만 몰두하고 상대를 바라보아 주지 않을 때 화가 난다. 젊은 시절에는 여자가 참다가 터졌는데 나이 들며 그 입장도 바뀌었다. 최근에는 남자가 주로 참다가 일방적인 분노로 이어졌다. 바쁜 일상에 묻혀 정신 못 차리는 여자는 미처 생각하지 못한 사소한 부분에서 브레이크에 걸리곤 했다. 여자로서는 이해할 수 없는 하찮은 일이었다. 하기야 부부싸움은 항상 사소하고 하찮은 것으로 시작되어 변장한 얼굴로 생각지 않은 곳에서 삐져나오곤

  비싼 낮잠

했다.

점점 남자와 여자의 역할이 바뀌어 갔다. 지난 시절 자녀 양육과 사업을 하며 갇혀있던 한풀이라도 하듯이 여자는 밖으로 나돌고, 사회생활에 지친 남자는 안으로만 스며든다. 이젠 남자가 청소와 빨래하고 장을 본다. 여자는 꽃단장하고 집 나서기가 바쁘다.

> “당신이 하는 일이 바로 당신이다. 그리고 사람은 그의 기억이
> 아니라 그의 행동으로 인해 정의된다.”
> “You are what do A man is defined by his actions, not his
> memory.”

영화《토털 리콜》쿼에이토의 말이다. 새삼스럽게 타인에게 어떤 모습으로 정의 되는 것을 두려워할 나이는 아니다. 다만 참을 수 없는 자기 존재의 가벼움이 느껴질 때 살짝 흥분할 뿐이다.

한가한 오전 시간 남자는 여전히 컴퓨터 앞에서 바둑을 두고 있고, 여자는 노트북 앞에서 글을 쓰고 있다. 지나온 세월 두 사람은 세상이 주목할 만한 업적이나 영광을 남기지 못했다. 그렇다고 사회적으로 비난받을 만한 행동은 더욱 하지 않았다. 냉정과 열정 사이에서 평범과 보통의 삶을 지향하며 살아온 나날이었다.

세상에 모든 남자와 여자가 부부라는 타이틀을 달고 살아가는 모습에 정답은 없다. 지구상에 존재하는 수많은 부등식으로 변화무쌍한 가능성만이 존재한다. 젊은 시절엔 자신에게 없는 상대의

다른 모습에 도파민 생성이 활기찼다. 모난 바위가 세월의 풍파에 둥글고 부드러운 조약돌이 되어가듯이 흐르는 시간과 함께 닳고 닳아져 간다. 서로의 다름이 어느 순간 참을 수 없는 화가 되기도 하고 때론 측은지심으로 바라보며 상대의 성품에 길들어지고 익숙해지는 것인가.

인간은 누구나 자기 몫의 등짐을 지고 묵묵히 걸어간다. 더러는 숨죽이고 더러는 통곡하며 혹은 눈물 나도록 기쁜 날이 스쳐 가고 있을 것이다. 그 모든 희로애락에 순응하며 요동치듯 살아가는 것이 평범한 우리네 삶이다.

노을 지는 황혼의 호숫가를 남자와 여자가 두런두런 담소 나누며 천천히 걷고 있다. 앞서서 걷고 있는 머리 하얀 노부부가 손을 맞잡고 나란히 걷는 모습은 사랑이며 평화이다. 살짝 구부정한 어깨는 젊은 시절 오만함에서 벗어나 겸손하고 여유로워 보인다. 그 뒷모습이 인생을 잘 살아온 성적표 인양 아름답고 성스러워 보이기까지 하다. 어두운 바다를 비춰주는 등대처럼 든든하고 믿음직스럽다.

조금 전에 보슬보슬 비 내리더니 무지개가 황홀하게 눈앞에 펼쳐진다. 삶은 이렇듯 한치도 알 수 없는 길 위에 서 있다. 그 길 위를 긴 세월 손잡고 동행하는 친구가 있다는 것은 분명 큰 축복이리라. 우당탕 삐그덕거리며 한 생이라는 마차가 내 곁을 스쳐 지나가고 있다.

"사막을 아름답게 만드는 것은 어딘가에

우물이 숨겨져 있기 때문이야."

- 〈어린 왕자〉 중에서 -

5장

닻을 내리다

현악기와 눈물에 대한 단상

몽골 고비 사막을 여행하며 취재한 다큐를 보았다. 유목민들과 사막의 쌍봉낙타들이 등장한다. 끝도 보이지 않는 초원 위에서 대자연과 직면하며 생활하는 유목 생활이 자유로워 보인다. 자유로움 속에서도 자기들만의 무언의 질서가 존재하고 있다.

낙타는 자기가 낳은 새끼가 아니면 절대 젖을 물리지 않는다고 한다. 밤새 진통하던 낙타가 새끼를 낳았다. 다리가 먼저 나오는 바람에 진통 시간도 어미의 고통도 두 배 이상이었다. 무슨 마음이 들었는지 어미는 냉정하고도 매몰차게 돌아서 아기 낙타에게 젖을 물리지 않는 상황이 왔다. 아기 낙타가 궁지에 몰렸다. 유목민들이 안절부절못하며 어미 낙타에게 어르고 달래며 통사정을 해 본다. 영문도 모르는 새끼는 배고파 처절한 울음을 운다. 극심한 산통 후유증으로 모정조차도 잊고 싶어진 것일까. 어미는 점점 더 완강히 거부하며 사납게 군다.

주인은 최후의 보루로 유목민 고유의 비책을 찾기로 한다. 전례에 따라 전통악기를 다루는 마두금 악사를 불러 음악 연주를 주문한다. 어미 낙타의 고삐를 묶어 악사 근처에 데려와 연주를 듣게 하자 조금은 순해진다. 주인이 낙타를 쓰다듬으며 나지막하고 구슬픈 음성으로 애원하듯 노래한다. 낙타는 긴 속눈썹을 껌뻑이며 차분히 음악 소리에 귀를 기울이는 듯했다. 악사는 점점 더 슬픈 곡조로 낙타의 감정 곡선을 건드린다. 두 개의 현을 통해 단순하면서 울림이 있는 곡조가 흘러나온다. 그러자 낙타의 긴 속눈썹이 꿈틀거린다. 큰 눈이 조금씩 움직이며 투명한 물방울이 툭 툭 떨어진다. 이때를 놓칠세라 주인은 어미 낙타의 털을 쓰다듬으며 새끼에게 얼른 젖을 물린다. 그 뒤부터는 자연스럽게 아기 낙타를 잘 돌보게 되었다.

인간이나 동물이나 감정의 지체임은 자명한 사실이다. 누군가 어떠한 경로로든 타자의 감정을 살 수 있다는 것은 심오한 신비이다. 알고 보면 세상사 돌아가는 모든 이치가 자기감정을 상대에게 이입하여 공동의 가치를 추구하고자 함이 아닐까. 그러다 합일에 이르면 결혼하고 동맹 맺고, 아니다. 싶으면 이별하고 싸우고 전쟁까지 불사한다. 이를 통해 세상은 새로운 가치를 캐내는 작업을 도모하고 상업화하고 때로는 새로운 문화와 역사가 되기도 한다.

인간의 음색에 가장 가깝다는 악기, 첼로 연주를 듣는다. 오펜바흐의 〈Jacqueline's Tears〉이다. 마음을 차분히 가라앉히며 애끓는 듯 애절하고 슬픈 곡조다. 눈을 감고 조용히 감상에 젖노라면 저절로 눈가가 촉촉해진다. 재클린, 그녀의 기구한 운명을 알기에 더욱 그랬다. 1967년 영국 음악계에 시선을 끄는 세기의 결혼식이 있었다. 천재 첼리스트 재클린 뒤프레와 촉망받는 젊은 지휘자 다니엘 바렌보임이다. 두 사람의 행복한 결혼 생활을 많은 이들이 염원했다. 그러나 결혼 약 5년 후 '다발성 뇌척수 경화증' 발병으로 2년 후(28세) 더 이상 연주 활동을 할 수 없었다. 그 와중에 남편 다니엘은 연주 활동 중 만난 피아니스트와 사랑에 빠져 그녀와 결별을 선언한다. 그 후 14년 동안 병마와 싸우며 42세의 나이에 요절한다. 척추손상으로 인한 안면마비로 눈물조차 흘릴 수 없었던 그녀는 젊은 날 사랑하는 남편과 녹음했던 음반들을 듣는 것이 죽을 때까지 유일한 낙이었다.

젊은 천재 첼리스트 재클린의 가련한 운명을 기리기 위해 프랑스 작곡가 쟈크 오펜바흐가 작곡한 곡이다. 숨겨져 있던 이 곡이 100여 년 뒤에야 독일인 첼리스트 베르너 토마스에 의해 발견되어 〈재클린의 눈물〉로 이름 지어졌다. 제목처럼 잔잔하며 고요한 슬픈 곡조가 가슴을 적신다.

Niles Borop의 〈Via Dolorosa〉 첼로 연주 또한 깊고 묵직하다. 가슴 가장 밑바닥에서 올라오는 절규 같은 리듬을 듣노라면 뭐라

형용할 수 없는 애잔함에 젖는다. 영화(The Passion of The Christ)의 삽입곡으로 더 유명해졌다. 사순 기간 부활절이 가까워져 오면 자주 들려온다. 예수가 십자가형을 받고 자신의 십자가를 지고 골고다 언덕을 오르는 장면(고난의 길)을 그린 것이다. 가시에 찔리고 엎어진 상처에서 흘린 피로 범벅이 된 전신을 이끌고 거친 언덕길을 오른다. 이쯤 되면 첼로 소리는 절정을 이루며 끊어질 듯 가파르다가 다시 묵직하게 이어간다. 음률에 섞인 뭔지 모를 나른하고 아련한 감성에 휘말려 감정 호르몬이 주책없이 나댄다. 북받쳐 오르는 무언가가 목구멍에서 스멀스멀 기어오르며 눈시울이 저절로 뜨거워진다.

눈물을 흘리고 나면 속이 뻥 뚫린 듯 시원해진다. 크게 소리 내어 울수록 효과는 더 좋다. 실제로 눈물은 긍정의 효과가 크다. 이물질 청소 역할 수행하고 타자와 유대감 강화의 효과도 있다. 눈물을 흘리고 나면 몸의 독소를 배출하고 면역력을 증가시킨다. 스트레스를 유발하는 카테콜아민(catecholamine)이 눈물과 함께 배출된다. 알츠하이머를 연구하던 미국의 윌리엄 플레이(William H. Frey) 박사는 자극받아 흐르는 눈물과 감정으로 인해 흘리는 정서적 눈물의 성분이 다른데, 정서적 눈물에는 카테콜아민의 농도가 3배 이상 높다고 한다.

음악, 그것도 현악기 연주는 뭔가 특별히 심금을 울리는 신묘함이 있다. 그중에서도 첼로의 음색은 언제 들어도 깊고 아련하다.

줄을 켜고 튕기고 다스려서 감정을 건드리는 묘한 울림, 그 신비
함에 젖어 바라보는 밤하늘 별빛이 그 어느 때보다 고혹적이다.
　사는 일이 퍽퍽하다고 느껴진다면 한 번쯤 첼로 음악을 크게 틀
어놓고 핑계 삼아 실컷 울어 볼 일이다.

　　　　　　　　　　　　　　　　　　　　　　　　　　　닻을 내리다

수취인 부재

　오동통한 몸매와 작은 키의 그녀는 늘 하이힐을 신고 다녔다. 가슴에 책 몇 권 안고 사색하듯 무표정한 얼굴이다. 관심 밖의 사람과는 말도 잘 섞지 않으며 자기가 원하는 방향에만 시선을 고정했다. 아르바이트하며 근무 외 시간은 그림을 그리고 공부를 했다. 늘 귀에 이어폰을 끼고 카세트 듣고 다녔다. 당시 유행하던 김세환, 윤형주, 송창식 노래를 좋아했다.

　그녀와 나는 을지로 입구에 있는 백병원에서 동료로 근무했다. 지하에 있는 중앙 공급 실에서 의료 기구를 소독하고 포장하는 단순 업무를 맡았다. 그곳은 처음 병원에 입사해서 본 근무처로 배정받기 전 일종의 대기자 코스였다. 그녀는 삶의 목적이 있는 아르바이트였고, 나는 전문직으로 몸과 마음을 다해 업무에 최선을 다했다. 이듬해 나는 외과 병동으로 발령이 나고, 그녀는 당당히 한양대학교 미술대에 합격하여 병원 문을 나섰다. 자기가 가고 싶은 길을 향해 뚜벅뚜벅 걸어 나가는 그녀가 나는 몹시 부러웠다.

책 읽고 글 쓰는 것을 좋아하는 나는 그녀와 코드가 잘 맞았다. 나이도 동갑이어서 같은 근무시간이면 옆에 앉아 수다 삼매경이었다. 시간이 흐를수록 우리는 서로에게 빠져들었다. 어느 순간부터 내 문학 노트가 그녀의 손에 넘겨져 있었다. 그러니까 20대 내 인생을 통틀어 미숙한 내 글의 순수한 첫 번째 독자인 샘이었다. 병원 업무상 교대 근무시간을 서로 맞추어 여행을 떠나기도 했다. 가끔은 기차를 타고 대성리, 남이섬을 향하기도 하고 배를 타고 강화도, 석모도, 작약도 등 서울 근교를 두루 돌아다니며 추억을 쌓았다. "너희 연애하냐?" 동료들이 그랬다. 그래도 우린 개의치 않았다. 삼청공원을 거닐고, 인사동 길을 걷고, 고궁을 거닐고, 영화를 보고, 맛있는 먹거리를 사 먹고, 청춘인데도 전혀 남자가 그립지 않았다. 무슨 이야기를 해도 질리지 않았고 서로의 얘기를 귀담아들어 주었다. 그녀는 나의 말과 행동 하나하나를 놓치지 않고 듣고 조언하고 찬사를 보냈다. 지금 생각해 보면 우습다 못해 한심한 내 글에 극찬했고 내 패션과 당찬 병원 생활에 엄지척을 내밀어 주곤 했다. 누구도 칭찬하지 않는 나를 최고로 인정해 주어서 가슴 뿌듯했다. 나는 그녀의 조용한 성격과 우수에 찬 모습 그리고 긴 시간 그림 그리기에 몰입하는 모습이 멋있었다.

그런 그녀가 먼저 퇴직을 했다. 미술대학에 합격하여 대학생이

닻을 내리다

되었다. 스물한 살 그녀는 재수생이었고 나는 간호조무사 자격으로 입사를 한 거였다. 소기의 목적을 이루었으니, 그녀의 퇴사가 당연한데 왜 그리 내 가슴이 허전하던지. 그 이후, 바쁜 대학 새내기임에도 짬짬이 우리의 만남은 지속되었다. 여전히 우리 희망의 공은 하늘을 붕붕 날아다녔다. 그 시절 나의 이루어지지 않는 첫사랑 스토리텔링에 빠진 팬 중의 한 사람이기도 했다. 진지하고 심각한 대화가 오가고 눈물 콧물도 서로 닦아주며 감정을 교류했다. 그러다 점점 바빠진 그녀와 손 편지로 서신이 오갔다. 그렇게 몇 년이 흐르고 스물다섯 내게 핑크빛 무드가 다가왔다.

한 남자와 만난 지 6개월 만에 결혼식을 올렸다. 친정엄마가 병환 중이라 임종 전에 서둘러 결혼식을 올려야 했다. 당시는 그 나이가 혼기인지라 바쁘게 데이트하고 결혼식까지 치르고 정신 차려보니 그녀와 연락 두절이다. 결혼 몇 개월 후 나 또한 퇴사했다. 당시는 핸드폰도 없고 편지 주소도 병원으로 오갔기에 일방적으로 내가 그녀를 놔 버린 꼴이었다. 마음속 한구석이 허전 한데도 눈앞의 삶에 코 빠뜨리고 사느라 몇 년이 순식간에 흘러가 버렸다.

그녀를 놔 버렸던 그때 내 가슴 한쪽에 이런 마음이 있었던 것은 아닐까? 이십 대 초반의 그녀와 내가 희망하던 남성의 가치 기준이 있었다. 감성과 지성이 적당히 버무려져 낭만을 아는 남자가 영화처럼 우리 앞에 배달되기를 꿈꾸었었다. 그러나 내 현실은 그 꿈과는 차원이 다른 남자와 결혼하다 보니 그녀에게 보여주고 싶지 않았던 것 아닐까? 그녀는 나를 꽤 근사한 여자로 인정했고 나를 많이 따르던 열정 팬 1호였다. 우린 서로에게 작은 영웅이었다. 내 남편은 평범함 그 자체의 기술직 일명 '공돌이'였다. 그는 당시 우리들이 별로(?)로 여기던 의류 회사 공장장이었다. 끝까지 그녀의 뇌리에 내가 영웅으로 남아 있고 싶었을까. 철없던 시절 쓸데없는 여자의 자존심이 낳은 결과였다. 결혼 후 아이를 낳아 기르며 가끔 그녀가 생각났다. 시간이 흐를수록 어이없는 나의 오만과 편견을 깨달았고 급기야 죄책감마저 느껴졌다. 서투른 내 판단으로 귀한 보석 같은 친구를 등한시했다. 보이지 않는 부분을 보는 친구에게 보이는 부분만을 가리고자 억지를 부렸다. 두 손바닥으로 하늘을 어찌 가린다고….

아! 이건 아닌데…. 먼지가 쌓여 있던 묵은 편지함을 꺼냈다. 오래된 그녀의 주소를 찾아 간절하고 긴 편지를 써서 등기우편으로 보냈다. 하루, 이틀, 사흘…. 감감무소식이다. '그녀가 받았을까? 화가 나고 부아가 치밀어 답장도 쓰고 싶지 않겠지. 그래 나라도 그랬을 거야. 아니야, 좀 기다리면 화도 가라앉고 그녀도 나를 그리워한 나머지 답장이 오겠지.' 체념 아닌 체념을 하며 달력을 들여다보고 또 들여다보았다. 보름쯤 지난 후 우체부가 편지를 들고 왔다. 너무 반가워 현관문 앞까지 맨발로 뛰어나갔다. 배달부가 내민 봉투 표면에 선명하고도 긴 빨간색 고무인이 찍혀있었다. '주소 내 수취인 부재'

닻을 내리다

아물지 않은 상처

　십수 년 전 혀에 종기가 생겨 조직검사를 했다. 다행히 음성이라서 그 조직만 떼어내고 봉합 시술을 받았다. 하필 그 시기에 중국 출장길에 올랐다. 급한 일을 보고 그곳에 살고 있는 언니 집을 찾았다. 마침, 언니가 동생을 위해 준비한 음식이 매운 육개장이었다. 매콤한 한국 음식 먹고 싶기도 했고, 내 혀에 대해 알 리가 없는 언니가 미안해할까 싶어 아픈 것도 숨긴 채 맛나게 먹고 나니 혀가 쓰리고 아팠다. 결국 봉합이 터졌다. 응급조치도 못 하고 급한 일을 보고 귀국하는 바람에 팥알만 한 흉터가 혀끝에 생겼다. 예민한 혀끝에 생긴 흉터는 십수 년이 지나도 수시로 내 신경을 건드렸고 커다란 종기가 늘 입안에 가득한 느낌이었다.

　제주시 문화예술 지원금이 채택되면서 그동안 써놨던 글들을 모아 엉겁결에 한 권의 책을 출간했다. 간단하게 출간 기념행사를 하고 지인들 손에 한 권씩 책을 지어줬다. 책 속 글에 대해 칭찬과 비평이 와르르 쏟아졌다.

글을 쓰면서 늘 염두에 둔 것은 진정성이다. 글은 진실에 바탕이 되어야 보는 이의 마음을 움직인다고 생각했다. 자연스럽게 주변인들이 등장했다. 글을 쓰다 보니 객관적 사실이라고 생각한 내용이 본의 아니게 상대에게는 아픈 부분을 건드린 것 같다. 타자의 삶에 굴곡진 고비들이 내게는 관심의 대상이었고 그것이 내 삶의 그늘을 바라보는 한 줄기 빛이 되기도 했다.

'아하, 나만 힘든 게 아니구나!' 그런 동질감을 독자와 나누고 싶었는지 모르겠다. 제삼자는 아무렇지 않게 술술 읽히는 팩트가 본인들에겐 들키기 싫은 흉터였나 보다. 타자가 몰라도 되는 상처를 내가 꺼내어 아프게 한 결과가 되었다. 상처를 드러내려는 의도가 아니었다. 그것을 극복하며 회복되고 인생의 참맛을 알게 된 숙연한 모습이 보기 좋아서 쓴 글이었다. 실명을 밝히지 않았고 조심스럽게 최대한 숨은 그림처럼 썼다고 생각했는데, 본인 눈에는 마치 확대경을 쓴 것처럼 확대 해석이 되고 껄끄러웠나 보다.

내 혀 안의 상처, 잊고 있다가도 무시로 나를 자극했다. 눈에 거의 보이지도 않고 아프지도 않지만, 본래의 감각이 아닌 먹먹함이 수시로 입 모양을 삐쭉이며 인상이 구겨졌다. 아무도 모르는 나

닻을 내리다

만의 상처였다. 나 혼자만의 기억이고 이제 어떠한 처방으로도 되돌릴 수 없는 부분이었다. 그렇게 감수하고 세상 끝나는 날까지 함께 가야 하는 거였다. 그렇다면 이제 털어내야 하는 상처가 아닐까.

책 속에 이야기도 이미 지나온 과거였고 본인들이 원해서 생긴 일도 아니었다. 인생에서 피할 수 없는 상황이지 않았던가. 삶의 한 조각 퍼즐이었던 그 순간들을 이제는 기특하게 바라보아 줄 여유가 생겼기를 기대했었나 보다. 자신이 돌아온 여정에 대해 의연해지길, 아니 조금은 뻔뻔해지길 바랐다. 내가 너무 일찍 서두른 걸까. 그 아픈 시간이 있었기에 깊이 있고 품위 있는 지금의 모습이 되었다는 생각으로 전환되길 바란 것이….

호평을 원한 것은 아니었지만 글이 내 의도와 달리 해석되는 것이 아쉽고 마음 아팠다. 본인은 감추고만 싶었던 아무도 몰라야만 했던 마음속 흉터를 어쭙잖게 건드려 더 아프게 한 것은 아닌지 진심으로 미안했다. 아직 아물지 못한 상처를 내가 건드려 생채기가 난 상황이라면 이 지면을 통해 머리 숙여 깊이 사과드린다.

걱정과 염려는 사탄이 주는 생각이라 했는데, 분리의 영들은 일단 시작점이 보이면 그 꼬리를 붙잡고 끊임없이 속삭인다. '더 불질러라.' '더 분란을 만들어라.' '더 확대 시켜라.' 결국 내가 원하지 않던 상황이 오고야 말았다. '책을 괜히 썼나?' 하는 마음이 들 정도로 질책이 쏟아졌고, 속이 상하다 못해 자리에 눕고 말았다. 다 지난 줄 알았던 갱년기증상과 어깨통증까지 동반해 감정은 자꾸만 나락으로 떨어지고 있었다. 덕분에 새로 출간된 책에 대한 기쁨과 축하들도 저만치 밀쳐둔 체 한동안 애꿎은 혀만 이리저리 굴리고 있었다. 몇 년 동안 하드웨어 어두운 곳에 가두어 놓았던 활자가 오랜 시간의 산고를 치르고 인쇄되어 밝게 웃고 있는데 쳐다보기도 싫었다. 내 분신인 책을 볼 면목도 없이 미안했다. 얼마간의 시간이 흐른 후 구석에 던져놓았던 보라색 책 표지를 살며시 다시 펼쳐 봤다. 안 좋은 감정에 오래 머물지 못하는 내 성격상 빠른 환기가 필요했다.

여기저기서 보내온 독자의 메시지가 슬며시 위로의 악수를 내게 청했다. 책을 받자마자 밤새워 한 권을 독파했다는 80세 노인이 나를 꼭 안아 주며 하는 말씀!

"에고, 고생했어, 공감 백배 글이야. 이런 책이 베스트셀러가 돼야 하는데….”

어릴 적 친구들은 '친구지만 존경한다.' 하고 가족들은 '가문의 영광'이라고 부추겼다. 시카고에 있는 70세 오빠가 책이 발간되었다는 소식을 듣고 궁금하다기에 메일로 파일을 보냈다. 300쪽이 넘는 책을 일일이 프린트해서 다 읽고 장문의 감동 독후감과 함께 주문서가 도착했다. 넉넉한 달러 송금과 함께 50권만 보내 달라고…. 책이 세상에 나오고 나니 부족한 것만 보이고 감추고 숨고 싶다고 푸념하는 내게 글 선배가 그랬다.

“오랜 시간 노력한 흔적이 보여서 좋다. 완벽한 책은 세상 그 어디에도 없다!”

내 혀끝에 작은 흉터에도, 친구의 마음속 흉터에도 딱지가 앉아 보호막처럼 무덤덤해지기를 막연히 기다리는 길고 긴 밤이다.

가을 안단테

노랗고 붉은 가을 속으로 네 여자가 걸어 들어간다. 때마침 불어오는 바람에 노란 은행잎이 우수수 날리며 고즈넉한 공원에 그녀들의 웃음소리가 퍼진다. 그 웃음소리 하늘에 퍼져 수제비 구름 동동 떠다닌다. 최백호 노래 가사처럼 짙은 색소폰 소리는 없지만, 모자 쓰고, 선글라스 끼고, 나름대로 멋을 부린 여인들이다. 10월 말, 낙엽 뒹구는 한적한 공원길은 도란도란 이야기꽃을 피우며 걷기에 딱 좋은 계절이다. 십년지기 문우들이 한자리에 모였다.

내가 살고 있는 도시 천안, 다른 문우들은 서울과 근교에서 이른 아침부터 서둘러 이곳에 도착했다. 독립기념관이 오늘의 목적지이다. 지난달에 이어 두 번째 방문이다. 익숙한 그 자리에 다시 자리를 폈다. 팔뚝만 한 잉어 떼가 노니는 연못 뒤쪽으로 자그마한 정자가 있다. 정자에 앉으면 정면으로 보이는 둥그렇게 휜 석조 다리가 고즈넉하다. 다리에 매달려 아이들이 잉어 떼에게 먹이를 던져주며 조잘조잘 즐거워하고 있다. 우리는 연못을 바라보며 정자 네 기둥에 기대어 두 다리 뻗고 준비해 온 커피와 다과를 즐겼다. 오색 빛의 단풍잎들이 바람결 타고 휘날린다. 잔디 위에 펼쳐진 낙엽이 페르시아 양탄자 자수보다 곱다. 숲 사이 듬성듬성 바위 의자와 나무 벤치도 하나씩 놓여있다. 천연의 노천카페에 바람과 가을이 우리를 품었다. 어느새 우리는 만추 풍경화 속 하나의 소품이 되었다.

'안단테', 이름 지을 때부터 알아봤다. 40~50대 중년의 나이에 늦은 문학에 심취한 우리가 서울 모 대학 문예창작과에 지원해 함께 동고동락한 시간이 이렇게 빠를 줄이야. 4학년 졸업을 앞두고 동인지를 발간하고, 몇몇은 동인을 맺고, 문학의 문고리라도 붙잡고 있자고 약속했다. 하여 모였던 6인이 '안단테'이다. 지금은 어영부영 흩어지고 4인이 남았다. 처음엔 열의가 있어서 서로 글 쓰고 합평하고 그러다 내가 제주로 이사를 하면서 다시 소원해졌다. 가끔은 인터넷상으로 모여서 글 쓰고 나누기도 했다. 더러는 손을 놓고, 더러는 글을 쓰고, 또 수다의 방으로 카톡 방이 시끌시끌하기도 했었다. 내가 천안으로 다시 이사하게 되어 만난 자리에서 누군가 "안 되겠다 독서토론이라도 하자."고 제안했다. 모두 흔쾌히 오케이 했다. 좋은 책이라도 읽고 나누고, 글도 손 놓고 있으면 안 되고 뭐라도 붙들어야겠다는 각오였다. 하여 장르를 불문하고 다시 문을 두드리기로 했다.

두 편의 시와 다섯 편의 수필이 도마 위에 올랐다. 글 앞에서는 누구도 대충은 없다. 제3 자의 시각을 제시하지만 글 쓴 작가가 자기 시각이 옳다고 주장한다면 그것이 최우선이다. 오늘 토론 책은 누구나 읽어봤을 만한 『어린 왕자』이다.

"너는 나에게, 나는 너에게 특별해지는 것이 '길들이는 것'이야."

조곤조곤 우리에게 하는 말 같았다.

"사막을 아름답게 만드는 것은 어딘가에 우물이 숨겨져 있기 때문이야."

"네가 만약 4시에 온다면, 나는 3시부터 행복하기 시작할 거야."

'안단테' 만나기로 약속한 날이면 들뜨는 우리의 심정이 이럴까?『어린 왕자』가 어른들의 동화로 자리매김하게 된 각자의 느낌과 마음에 와닿는 구절들을 읽어보았다. 읽을 때마다 새로운 느낌이 드는 이 책이 오랜 시간 왜 독자들에게 사랑받는지 다시 짚어보는 소중한 시간이었다.

독서토론을 마치고 막내가 손수 만들어 차에 싣고 온 김밥과 페퍼민트 차로 출출해진 배를 채웠다. 따뜻하고 톡 쏘는 허브 차로 목젖을 적셨다. "아…. 좋다." 약간 쌀쌀한 날씨에 모두 찻잔을 어루만지며 반겼다. 맏이는 아침에 찐 고구마와 옥수수를 따뜻하게 가져왔다. 또 각자 보온병에 가져온 커피와 귤, 대추, 초콜릿, 호두…. 먹을게 풍년이다. 이른 아침부터 몸단장하기도 바빴을 텐데

문우를 위해 음식까지 준비한 어여쁜 그녀들 마음이 사랑스럽다. 배도 두둑해졌으니 이젠 단풍길 산책코스다. 올해는 단풍이 좀 늦은 편이다. 아직 반쯤 물든 나지막한 언덕길 3~4km, 40여 분을 걷는 코스이다. 양쪽 빼곡히 들어선 단풍나무 숲길이 끝없이 이어진다. 수다와 웃음이 끝없이 이어지고 가을 숲속에 차곡차곡 쌓인다.

숲길 끝자락에 녹슨 기찻길과 석조조형물 공원에서 기념사진을 찍었다. 어릴 적 소풍 다니던 '경복궁'에서 일제 강점기 '조선총독부' 건물을 보았고, 여기 해체되어 독립기념관 뒷산 자락에 누워있는 모습을 보니 만감이 교차한다.

본관 앞에 수백 개의 대형 태극기 앞에서 마음이 숙연해진다. 일제 강점기 35년의 긴 세월을 건너 독립을 한 위대한 대한민국과 독립을 위해 목숨 바쳐 헌신한 호국영령을 기념하기 위해 이곳이 설립되었다. 그분들이 아니었으면 언감생심 우리에게 이런 날이 왔을까? 하루해가 저물어 가고 있다.

띄엄띄엄 산책객들이 오가고 유모차 끌고 다니는 젊은 부부도 보인다. 가끔 불어오는 바람에 옷깃을 여미며 휘날리는 가랑잎에 눈길을 빼앗기기도 했다. 가을이 익어간다. 우리들이 빚은 술(문학) 익는 소리도 간간이 톡톡 반응을 보인다. 깊어지는 계절처럼 우리도 오색으로 물들이며 조금은 느리지만 문학의 정수로 향하고 있을 것이다. 세상사 인생 고락을 겪은 늦은 나이에 만나 문학을 향해 천천히 가고 있는 '안단테'가 따뜻하고 고맙다. 빠르지 않으면 어떤가. 조금 천천히 걸으면 어떤가. 중요한 것은 문학을 놓지 않고 함께 바라보며 걷는 것이다.

'안단테'가 잠행하던 지난 시간을 독립기념관에서 재정비했다. 시월 어느 멋진 날, 오후 햇살이 안단테의 넉넉한 품과 닮았다. 남은 생에 길동무, 글동무로 계속 함께 하자고 새끼손가락을 걸었다. 돌아오는 길, 자동차 안에서 묵언의 느낌이 오간다. 그때 어린 왕자가 불쑥 말을 걸었다.

"가장 중요한 것은 눈에 보이지 않아. 마음으로 보아야 보이는 거야."

　　　　　　　　　　　　　　　　　　닻을 내리다

고요한 외침

〈부여 기행〉

부여에 다녀왔다. 옛 백제의 도읍지 부여는 한 마디로 고요와 묵음의 도시다. 백마강 일대를 돌아보며 고즈넉한 부여의 자취에 젖어본다. 이 도시를 유유히 흐르는 금강의 이름은 두 개이다. 대내적인 이름은 '금강'이고 부여 사람이 부르는 이름이 '백마강'이다.

차창에 스치는 풍경을 바라보다가 어느덧 금강(백마강) 언저리 문화관에 도착했다. 3층 전망대에 오르니 금강 주변과 백제보가 한눈에 들어온다. 모니터를 통해 줌으로 확대, 축소하며 더 세밀하게 관찰도 가능하다. 철새와 동물이 강 주변에 살아있어 한 무더기의 생명 공동체이다. 아래층으로 내려오면 미술 전시관이다. 금강의 자연과 생태를 기록하고 보관하는 갤러리 공간이다. 물의 중요성과 강을 주제로 한 여러 설치 작품과 그림이 전시되어 있다. 특히 '도쿠진 요히오카'의 공간 설치미술이 놀라웠다. 빛과 어둠, 그리고 바닷속을 시각과 촉각을 통해 느낄 수 있는 감각적인 설치 예술이 오래도록 뇌에 스친다. 역광으로 그곳을 기념하는 사진도 한 컷 남기고 전시관을 빠져나와 백제보 위를 거닐었다. 바람이 살랑살랑 불어오는데 누군가 한적한 다리 위를, 자전거를 타고 지나가는 모습이 영화의 한 장면 같다.

신동엽 문학관으로 이동했다. 길 이름도 신동엽길이다. 적막하고 고요한 시골 마을을 온통 바꾸어버린 문학의 힘을 느꼈다. 몇 걸음 옆의 성당 벽에도 신동엽 시가 쓰여 있다. 생가 옆집도 풀잎 미술관, 앞집은 조용한 일반 가옥인데도 방문객을 위해 대문도 없이 정원을 공유하고 벤치와 의지들을 배치해 놓았다. 민족 고유의 나눔의 정서가 따뜻하게 느껴진다.

생가는 고옥과 신사옥으로 나뉘어져 있다. 초가지붕 고옥에 시인이 어렵게 살았던 흔적이 그대로 남아 있다. 문화예술의 총집합체 같은 신사옥은 건축가 승효상의 작품으로 유명하다. 곳곳에 배치된 조각과 설치 예술품들이 시인의 일생과 그의 정신을 계승하듯 의미를 담는다. 일일이 다 설명할 수 없는 많은 작품이 눈길을 끈다. 건물과 설치 예술품이 조화를 이루어 전체가 예술관이다. 안으로 들어가 보니 그의 초년 작품부터 시작하여 39살에 병마와 싸우다 요절하기까지 짧은 시간 많은 작품들이 책과 기록으로 남아 있다. 한쪽 벽면은 그의 문학세계를 이어받아 '신동엽 문학상'을 받은 문학인의 금자탑이 즐비하다. 살아생전에 빛을 보지

　　　　　　　　　　　　　　　　　　　　　닻을 내리다

못하던 그가 사후에 빛을 보게 된 연유는 그 아내의 공이 크다.

그의 아내 인병선은 서울대를 다니다 말고 시인을 만나 한눈에 반해 결혼했다. 시골살이 촌부로 시어른들 모시고 없는 살림살이에 자녀들을 양육하며 살았다. 부여, 작은 마을에서 시인의 뒷바라지와 생업을 이어갔다. 그만큼 시인에 대한 가치를 알아봤고 그만큼 사랑했다. 실제로 시인은 글 쓰는 일과 동료들과 시류에 젖어 시절을 논하는 방랑자였다. 시인의 사후에 그의 작품들을 잘 보관하고 정리하여 부여읍에 기증하면서 빛을 보게 되었고 신동엽 문학관이 탄생하는 계기가 되었다. 할 일을 다 마친 인병선 선생은 "이제 비로소 신동엽과 이혼했다"라고 웃으며 말했다고 전해진다.

그의 작품 중에 〈껍데기는 가라〉 이 시가 가슴을 울린다. 시의 사이사이에 '껍데기는 가라'고 중복해서 외친다.

> - 사월도 알맹이만 남고/ 동학년 곰나루의 그 아우성만 남고/
> 아사달과 아사녀가 초례청 앞에 서서 부끄럼 빛내며 맞절할
> 지니/ 한라에서 백두까지 향그러운 흙가슴만 남고/ 그 모오
> 든 쇠붙이는 가라 -
> (부분 생략)

껍데기로 상징되는 허위와 위선 겉치레를 비판한다. 반면 순수, 순결함 즉 '알맹이'만 남기를 원하는 간절함이 느껴진다. 4·19혁

명과 동학혁명 그리고 백제시대 아사달 아사녀의 마음, 한라에서 백두까지 전 국토 민중의 소리와 역사의 가르침에 귀 기울이기를 바라는 순수한 절규가 전해진다. 껍데기, 쇠붙이로 표현되는 권력을 고발하고 순수한 민중의 정신이 짓밟힘을 개탄한다.

낙화암으로 향한다. 부소산 능선을 타고 산책하듯 오르는 길도 있고 강을 건너가는 방법도 있다. 우리는 배를 타고 가는 코스로 정했다. 유유히 흐르는 백마강 나루터 황포돛배 유람선에 올랐다. 생각의 자락을 흐르는 강물에 드리우며 금빛 물결 찰랑이는 금강을 건넌다. 선상에 오르고 뱃머리를 돌리자 오래된 가요 '백마강' 노래가 확성기에서 울려 퍼진다. 슬픈 곡조이다. 잠시 후 오래된 고찰 고란사 선착장에 도착했다. 계단을 올라 절 주변을 돌아본다. 절벽 높은 곳에 올라 도도히 흐르는 강 위에 유람선과 수륙양용 버스를 바라보는 것도 스릴 있다. 절 뒤쪽 바위틈에서 나오는 약수 한 모금 받아먹고 목을 축인다. 조금 더 올라가면 낙화암이 보인다. 백화정 그 정자에서 바라보는 강의 모습이 아찔하다. 부소산을 내려와 선착장에서 배를 타고 떠나며 강 위에서 붉은색으로 선명하게 낙화암이라고 쓰여 있는 바위를 보았다. 깎아지른 절벽 아래서 올려다보니 전설이 생각나서인지 묘한 기괴함이 느껴졌다. 선착장에 도착하니 해가 뉘엿뉘엿 기운다. 하루가 강 물결처럼 스르륵 지나가고 있다.

백제가 망하자, 의자왕의 삼천궁녀가 강에 빠져 죽었다는 전설, 백마강 유역을 돌아보며 권력의 허무를 느꼈다. 삼십 대 중반 태자에 책봉되어 한때는 세상을 호령하던 그가 권력 기반을 잡고 긴장감이 풀어져 흥청망청한 원인은 무엇일까. 700년 백제는 사라졌다. 역사는 승자의 기록이니 신라는 백제가 멸망할 수밖에 없는 이유가 필요했으리라. 의자왕의 집권 초기 왕권 강화에 귀족층들의 반발 또한 지배층이 흔들리는 계기가 되기도 했을 것. 혹자는 '은고'라는 여인이 의자왕의 마음과 권력을 거머쥐고 나라를 흔든 전황이라는 설도 있다.

권력층의 아귀다툼으로 애꿎은 백성은 나라 잃은 설움에 얼마나 피폐한 삶을 살아냈을지 상상만으로도 아프다.

오늘날 정치판을 보는 것 같아 가슴이 울컥해진다. 껍데기들의 가면 쓴 야욕으로 이 땅에 왕권이 무너지고 정권이 수십 번 바뀌어 민주화가 되어도 힘없는 민중들에겐 여전히 이어지는 고난의 연속이다. 일제 35년의 치욕을 견디며 지키고 일으킨 이 나라의 빛나고 아름다운 유산들이 쇠붙이들의 농간으로 희석되어 사라지지 않기를 바라는 간절한 마음이다.

백제의 도읍지 부여를 돌아보며 도시 전체가 묵음으로 부르짖고 있는 것 같았다. 간절하고도 고요한 외침이다.

'껍데기는 가라 제발….'

닻을 내리다

어느덧 12월이다. 순식간에 지나가 버린 시간이다. 한 해의 시작인가 했더니 벌써 끝자락에서 거리의 캐럴 소리와 구세군 냄비의 짤랑거리는 종소리를 듣는다.

캡슐커피 머신을 켰다. 에스프레소 잔 위에 갓 내린 하얀 거품이 오감을 끌어올린다. 베네치아 레온도로 진한 풍미가 한꺼번에 머리를 확 깨운다. 살짝 입술을 대며 음미하듯 눈을 감았다. '음, 그래 이 맛이지.' 혀끝에 와 닿는 쌉쌀함을 목 안에 깊숙이 머금고 창문 너머 먼 곳을 응시한다.

내가 태어나 자라고 성장한 곳, 결혼하여 살았던 곳, 아이들 낳아 키우고 삶의 몸집을 키우던 곳이 다 달랐다. 그 후 이런저런 이유로 국적을 넘나들고 지역을 넘나들며 돛을 올리고 닻을 내리고를 반복했었던 지난날이다. 이곳(천안)에 오기까지 반세기 넘게 걸렸다. 뿌리를 내리고 싶어 발버둥 치던 지난날이 주마등처럼 스쳐 간다.

인생 전반기는 내가 어찌할 수 없는 부모의 운명에 의해 갈 길이 좌우되는 경우가 대부분이다. 원하던 그렇지 아니하던 태어나고 자라고 학업을 마치고 배우자를 만나기까지 무수한 기회와 번민이 마주했을 것이다.

결혼하고 처음 맞아보는 주인공의 삶에 허둥대며 일 년을 하루같이 살아냈다. 쫓기듯 바쁘게 앞만 보며 살아온 시간이 허무하다고 생각하지는 않는다. 열정을 가지고 아끼며 살았다. 내 성향은 무엇을 하든 최선을 다해 최고를 향해 달린다. 나머지 몫은 운명에 맡기고 나는 나의 몫에 할당된 임무를 다했다. 덕분에 언제 어디서든 주변에 마음이 아름다운 사람들과 함께했다. 낯선 장소와 낯선 얼굴들 사이에서 금방 친화력이 생겼다. 하지만 언제나 삶은 나를 알 수 없는 길로 안내하고 이리저리로 끌어내며 단련시켰다. 내 이름처럼 세상 순례자로 방황하며 이착륙을 반복했다.

돌고 돌아 중년을 넘어 노년으로 접어드는 이즈음에 이곳으로 나를 인도한 이유가 있을 것이다. 나는 다시 특유의 친화력을 발휘하여 여기저기 인맥을 만들어 간다. 특별히 잔머리를 굴리거나 이유를 만드는 것이 아니라 성격상 가만히 못 있으니 놀러 간 곳, 운동하러 간 곳, 글 모임과 예배드리려 간 곳에서 저절로 사람들과 인맥이 형성되었다. 전 같으면 일과 주부, 아내, 엄마라는 책임감이 우선이고 나의 자아는 뒷전이었다. 이 나이가 되니 나를 다시 돌아보게 되고 살짝 이기적이어도 된다고 나에게 속삭인다. 하여 사적 모임에 자주 참여하고 가끔은 코 빠뜨리고 수다 삼매경에도 빠진다. 밥 먹는 모임이나 야심한 밤에도 나다니며 존재감을 느끼고 근거 없는 안도감에 빠진다. 그러다가 지치면 또 몇 날 며칠 방에서 뒹굴뒹굴하며 책과 씨름한다.

몽테뉴의 《수상록》에 마음에 와닿는 글이 있다.
  - 사람들에게서 벗어나거나, 다른 곳으로 가 버리는 것만으로 충분하지 않은 이유가 있다. 우리는 우리 안에 있는 대중의 습관에서 멀어져야 한다. 우리는 늘 사슬을 끌고 다닌다. 우리는 계속해서 남기고 온 것들에게 시선을 돌린다. 존재가 우리를 만족시키지 못하기 때문에 우리는 알지 못하는 미래를 동경한다. 존재가 우리를 만족시키지 못하는 것이 아니라, 우리가 잘못된 방식으로 이해하는 것이다. -

견해와 격정에서 자유로운 '이타락시아'는 몽테뉴가 추구하는 고독의 다른 이름이다. 진정으로 혼자이기 위해서는 강박관념이나 모순적 감정에 더 이상 흔들리지 않는 고요하고 명료한 마음 상태를 마련해야 한다.

내 삶의 모든 격정을 겪으며 나는 이제 알았다. 지금까지 뿌리내리지 못하던 방랑 기질은 외적 요인이 아니라 내 안에 요동치

닻을 내리다

는 욕망의 파도와 흔들리는 갈등으로 인한 파장이었음을 시인해야 할 때가 온 것이다. 여기저기 떠돌며 유목민(Nomad)을 체험하고 있는 이유가 있었다. 결국 나는 매 순간 나로부터 도망치고 있었다.

피로감이 몰려온다. 이제 쉬고 싶고 안주하고 싶다. 돛과 닻을 내리고 싶다. 4년 전 이곳으로 이사 오면서 편안하고 아늑함을 느낀다.

천안天安, 하늘 아래 평안한 곳. 내가 삶을 일구며 버텼던 거기에서 멀지 않은 곳. 물리적인 안정감과 정서적 안정감이 교집합을 이루는 곳. 그래서일까? 이곳이 내 인생의 마지막 종착역이 되기를 조심스럽게 바라는 마음이다. 비로소 이타락시아를 체험하고 있는 것일까?

집으로 향하는 외출

〈남도 기행〉

남도 여행을 다녀왔다. 며칠 동안 비 오다가 햇볕 내리쬐다가 바람 불고 심한 황사까지 다채로운 기류를 만나며 이곳저곳 옮겨 다니는 일이 쉽지 않다. 세상사 뜻대로 되지 않음이 날씨만으로도 느껴진다. 이제 바쁘게 쫓아다니는 여행은 하고 싶지 않다. 발길 닿는 대로 구름 가는 대로 노닥노닥 쉬며 놀며 천천히 걷고 싶다.

첫날 아침 하늘이 맑다. 따끈한 커피 한잔을 내려 텀블러에 넣고 차에 올랐다. 두근두근 길 떠나는 가슴이 출렁댄다. 남편의 안전운전을 기원하며 내비게이션에 첫 도착지 순천을 입력했다. 유네스코 세계문화유산에 등재되고 벚꽃이 아름답다는 선암사이다. 고속도로 양옆으로 보이는 산천은 연초록과 핑크와 흰색으로 버무려져 화사한 파스텔화 물결이다. 창문을 열어 남쪽 봄기운을 맞이한다.

　사찰에 도착해서 주차하고 천천히 막 깨어나는 숲길을 걷는다. 오래된 나무들 사이 간간이 놓인 석등이 고즈넉하다. 길옆으로 흐르는 계곡 물소리에 취해서 귀를 열어 한참을 앉아 도시에 찌든 귀속 소음을 씻어냈다. 선암사 입구에 닿을 무렵 무지개 모양의 예쁜 석교(승선교)가 보인다. 1698년(숙종 24년) 호암 대사가 관음보살의 모습을 보기 바라며 100일 기도했다. 기도가 헛되어지자, 낙심하여 벼랑에서 몸을 던지려 하는데 한 여인이 나타나 대사를 구하고 사라졌다. 대사는 그 여인이 관음보살임을 깨닫고 원통전을 세워 관음보살을 모시고 절 입구에 아름다운 무지개다리를 세웠다 한다. 일주문을 지나 절 내부는 유형문화유산과 보물로 가득한 1000년 고찰답게 고고한 아름다움이 풍긴다. 대웅전과 수십 개의 요사채들 사이에 여러 종류의 꽃나무들과 연못이 조화를 이루어 수려한 자태를 뽐낸다. 곧 다가올 부처님 오신 날 행사 준비로 내부는 온통 오색등으로 장식되어 있어서 더욱 화려하다. 며칠 전 비바람에 벚꽃은 지고 겹벚꽃들이 여기저기서 깨어나고 이름 모를 꽃들과 함께 철쭉이 하나둘 피고 있다. 흙을 밟으며 경내를 천천히 걸었다. 나무로 지어진 사찰은 수백 년 묵은 정원수들과 어우러져 대자연 속에 거대한 하나의 작품이다.

　순천에 왔으니 얼마 전 오픈한 〈순천만 국제정원 박람회〉를 지나칠 수는 없다. 3박 4일은 족히 돌아봐야 할 길을 반나절 만에 돌아봤다. 순천만 습지 한쪽 자연을 이용해서 세계의 정원을 테마로 펼쳐놓았다. 수천 종의 이름도 모를 꽃들이 곳곳에 수놓듯이 모둠 지어 심겨 있다. 달팽이 모양으로 둥글게 정상까지 오르게 만든 작은 동산에 올라 전체 배경을 바라보니 장관이다. 멀리 사람들이 오르락내리락 인형처럼 보인다. 꿈의 다리를 건너 서쪽으로 이동했다. 천천히 순천만 습지를 유람선이 이동하며 대자연의 아름다움 속으로 스며들어 간다. 동편은 아기자기하고 서편은 잔잔한 숲 기운이 돈다. 대형 파라솔 밑에 일광용 휴식 의자가 길게 누워있다. 평일이라 텅 빈 의자들이 쉬어가라 유혹한다. 여행에 지친 신발을 벗고 한동안 호수를 바라보며 누웠다. 바람에 흔들리는 수양버들 사이로 평화롭게 호수에 떠다니는 흑백 고니 한 쌍이 동화 속에서 막 튀어나온 그림 같다. 바쁜 일상에서 얻는 작은 쉼, 휴식에 새삼 감사함을 느끼며 살랑대는 바람에 눈을 감는다. 세계의 정원들을 찬찬히 돌아보고 사진도 몇 컷 찍고 언덕 위 한국정원의 정자에 누웠다. '역시 정자는 한국 것이 최고지' 하며 시간 가는 줄 모르고 마룻바닥에 누워 쪽잠을 잤다. 이런, 눈을 뜨니 해가 뉘엿뉘엿 지고 있었다. 발이 부르트도록 보고 뛰어도 쉽지 않은데…. 서둘러 다시 발길을 옮긴다. 주차된 동쪽으로 다시 이동하는데 조명이 하나씩 들어오고 있다. 아름다운 야경이 펼쳐진다. 아… 아쉽게도 우리는 다시 여수로 이동해야 한다.

"여수 밤바다~♬" 여수 밤바다가 보고 싶다고 자주 노래를 불렀

닻을 내리다

었다. 그래서 밤에 도착해야 한단다. 이십여 년 전에 왔던 기억을 더듬고 내비게이션에 의지하여 밤길을 달렸다. 여수에 도착하니 소문대로 불빛들이 휘황찬란했다. 여수 돌산대교 불빛 위로 오르락내리락 야경 케이블카가 압도적이다. 불나방처럼 많은 이들이 해변에 모여 밤 풍경에 취하고 이야기에 취해서 포장마차는 다들 만원 세례다. 낭만포차에서 막걸리 한 사발 먹어야 하는데, 아쉬움을 뒤로 하고 케이블카 시간 끝나기 전에 부지런히 언덕으로 올랐다. 밤바다 한가운데 줄 하나에 의지하여 케이블카 위에서 해변 야경夜景을 바라본다. 세상에나! 이 정도일 줄이야! 아름다운 환상의 불빛들이 춤을 춘다. 유람선마저 휘황찬란하게 밤바다 위를 두둥실 떠다닌다. 우리나라가 이토록 아름다운 금수강산이라니…. 오래전에 왔을 때는 여기저기 쫓아다니느라 피곤하다는 생각뿐이었는데 다시 보니 모든 것이 새롭다. 저녁도 먹어야 하고 숙소도 찾아야 하니 이제 슬슬 이동해야 한다. 해변 근처 숙소에서 피곤한 육신을 눕히고 다음 날 계획을 세운다. 다음 날 아침 일찍 바닷가를 산책하며 어젯밤과 사뭇 다른 느낌이다. 어둠 속에 감춰져 있던 항구의 모습에 다시 한번 반했다. 해변을 감싸고 있는 산의 능선이 엄마 품 같이 포근하고 아늑하다. 해안선에 다양한 종류의 배들이 매여 있는 모습이 세계 유명 항구 베네치아 못지않다. 다시 발길을 돌려 돌산대교 넘어 굽이굽이 바닷길을 돌아 '향일암'에 오른다. 새벽이슬 머금은 나뭇잎들이 우리를 반긴다. 섬섬옥수 아름다운 작은 섬들이 남해 위에 둥둥 떠 있다. 그 아름다움에 취해 오죽하면 해상 국립공원일지 생각해 본다.

　해안선 따라 금오산 능선 자락에 자리한 향일함은 올 때마다 아찔하다. 해돋이 명소로도 유명한 사찰이다. 그 높이에 놀라고 풍경에 놀라워 헉헉 숨이 차오르는 데도 지칠 줄 모르고 계단을 오른다. 땀방울이 하나씩 솟아나기 시작이다. 가는 곳마다 색다른 풍경들을 슬라이드처럼 펼쳐놓는다. 절벽 사이 바위틈을 지나서 칸칸이 오르다 보면 가장 꼭대기 위에서 펼쳐지는 풍광이 압권이다. 그것을 보기 위해 먼 길을 달려왔다. 시원한 바람이 등 뒤와 이마에 내린 땀방울을 식혀준다. 사찰 끝에 매달린 풍경소리가 찰랑찰랑 영롱하게 울려 퍼진다. 내 안에 쌓여 있던 먼지 같은 욕심의 사심을 떨쳐내며 잠시 먼바다 풍경 속으로 빨려 들어간다. 아무것도 아닌 것을 움켜쥐려고 혈기를 세우며 살아온 것은 아닌가. 나를 추스른다.

　사찰을 내려와 작은 섬 사이 거미줄처럼 놓인 다리를 질주한다. 4개의 섬을 이은 연륙교를 건너 낭도 작은 섬 둘레길을 걸었다. 뜻밖의 장소에서 생각지도 못한 주상절리를 만나고 신선대를 만났다. 그 둘레길 끝에서 산자락과 바다의 경계에 꽃들을 심고 텃밭을 일구며 노상 카페를 운영하는 신선 같은 곳에 앉아 차도 한 잔 마시며 땀을 식힌다. 사노라면 곳곳에 지뢰 같은 일상이 있지만 이처럼 생각지 않은 곳에서 쉼 같은 인연과 기회가 오기도 한다. 많은 것을 얻으려 발버둥 칠수록 더 많은 것을 잃기도 한다.

순한 마음으로 내려놓는 순간 더 많은 것들이 기다렸다는 듯이 다가오기도 하는 것이 인생. 삶은 순환이며 호흡이며 기다림이다.

세 번째 날이다. 비가 많이 오려나 걱정했지만, 오후 늦은 시간에 숙소에 들어갈 때 오고 아침이면 말짱해서 다행이다. 다만 황사와 바람이 심해서 마스크를 쓰고 다녀야 하는 불편함이 있었다. 보성 녹차밭으로 향했다. 일찍 숙소를 나와 사람이 없는 한적한 녹차밭에 머물고 싶었다. 깎아지른 거대한 산을 녹차밭으로 일구어 마을 전체가 녹차마을이다. 풍경에 압도되어 유럽 어느 나라에 와 있는 착각이 들었다. 오랜 세월 척박한 땅을 일궈낸 농부들의 피와 땀이 서려 보인다. 곳곳에 포토존이 있다. 녹차밭 언덕 아래 큰 나무와 그 옆에 빨간 풍차가 한눈에 들어왔다. 이슬 머금고 물안개 가득한 산자락에서 오랫동안 산등성이를 바라보며 앉아 있었다. 천천히 쉬면서 여행하기의 목적대로 발길이 머물고 싶고 쉬고 싶은 곳을 집중적으로 공략했다. 이것이 바로 힐링 여행.

고택들이 모여 있는 낙안읍성을 간단하게 돌아보고 마지막 여행지 벌교로 향했다. 그곳은 내가 태어난 곳이다. 2살 때 서울로 이사를 했지만, 큰언니와 오빠들이 초, 중, 고등학교에 다니던 곳이다. 내 기억 속에는 없지만 연어가 고향을 찾아가듯 가보고 싶은 곳이었다. 전에 언니와 함께 왔던 기억을 더듬어 찾아간 곳이 조정래 대하소설『태백산맥』문학 거리가 되어있다. 내가 태어난 우리 집 또한 문학 거리의 일부가 되어 '계두 상회'라는 간판이 걸려있다. 이미 집주인이 여러 번 바뀌었겠지만, 가슴 떨리는 그곳 골목길을 돌며 카메라를 연신 눌렀다. 큰언니가 어린 나를 업고 건넜다는 소화다리와 근처 교회 그리고 벌교시장을 카메라에 담았다. 미국 사는 오빠들에게 보여주면 감회가 새롭겠지? 태어났던 곳이 문학 거리가 된 것과 내가 어쭙잖은 글쟁이가 된 것이 무관하지는 않을 거라고 글 선배가 껄껄 웃으며 말했다. 억지스럽지만 나도 그렇다고 우기고 싶었다. 근처 식당에서 벌교꼬막정식을 먹고 벌교시장에 들러 꼬막 한 묶음 사 오는 것으로 아쉬운 여행은 끝이 났다.

집으로 향하는 길이 시원섭섭하다. 여행은 돌아온다는 전제가 있기에 설렘과 평안히 공존한다. 낯선 길에서 만난 사람들, 낯선 도시가 주는 신선함과 궁금증들이 다 내 안에 들어와 충만하다. 이제 더 이상 출렁일 필요 없는 감정의 만선이다. 다 이루었다는 안도감과 어서 가서 편히 쉬고 싶다는 바람을 안고 집으로 향한다. 여행을 마친 지금은 이제 더 이상 어제의 내가 아님이다. 그러니 그대들이여 집을 떠나라! 그리하여 만선의 철학을 싣고 돌아오라! 설령 빈손으로 올지라도 가슴에는 허탈한 풍요가 남아 있으니…

　　　　　　　　　　　　　　　　　　　　　닻을 내리다

섬들이 뭉쳤다

〈다낭 여행기〉

6자매가 떴다. 김 씨 자매 넷, 임 씨 자매 둘, 6자매가 여행을 도모했다. 네 자매가 여행하려다 조카 둘까지 여섯이 되어 꽉 찬 느낌이다.

큰언니는 서울 신촌, 둘째 언니는 제주, 셋째인 나는 천안, 넷째 동생은 미국 시애틀에 산다. 큰언니와 나이 차이가 꽤 나서, 50대 조카들이 이모인 우리와 함께 나이 들어간다. 조카마저도 하나는 미국 서부 어바인에 살고, 하나는 경기도 파주에 산다. 한번 뭉치기도 힘든 사람들이라 어렵게 조율하여 귀한 시간을 만들었다. 여차저차 석 달 전에 정해 놓은 날이 드디어 도래했다. 각자 섬처럼 떠다니다 어느 날 하나로 뭉쳤다.

"사람들 사이에 섬이 있다. 그 섬에 가고 싶다." 정현종의 시가 문득 스친다.

3박5일 베트남 '다낭'에 다녀왔다. 각자 인생의 항해를 잠시 멈추고 태평양을 건너 이국땅에 도착했다. 6자매 소풍이다.

이곳저곳 거닐며 이색적이고 아름다운 남국의 매력에 흠뻑 젖어본다. '경기도 다낭시'라고 부를 정도로 한국 사람들이 많이 오는 여행지이다.

툭툭이 오픈카를 타고 호이안 야경을 즐겼다. 내린 곳에 몇 년 전 우리나라 모 방송에 배우 윤여정과 몇몇 연예인이 출연했던 〈윤식당〉이 아직도 간판 그대로 남아 있다. 그 길목을 따라 호이안의 야시장과 구시가지를 거닐었다. 곳곳에 상점들 휘황찬란한 등에 불이 하나씩 켜지니 화려한 밤거리가 되었다. 오래된 상점들이 정겨웠다. 체리 핑크빛 부겐빌레아꽃이 지붕을 다 덮어버린 고택을 넋 놓고 바라보며 사진을 찍었다. 거리 곳곳에 관광상품들이 즐비하다. 필요한 몇 가지를 샀다. 베트남 전쟁을 연상케 하는 '콩 카페'로 향했다. '콩 카페'는 공산당을 의미하는 베트콩(Vietcong)을 주제화한 카페이다. 직원들도 군복 같은 제복을 입고 일했다. 그 전략이 먹혀 관광 필수 코스가 되었단다. 강 근처 상점에 홍등이 하나둘 켜지고 작은 쪽배를 타고 소원 등을 켜는 수많은 배들이 오간다. 강물에 휘황찬란한 불빛이 반사되어 밤이 낮보다 더없이 아름답다. 일순간 모두 탄성이다. 소원 등을 하나씩 켜서 강에 띄웠다. 가족들을 위해 잠시 눈을 감고 기도했다.

숙소에 돌아왔다. 이제부터 오롯이 우리 6자매들의 시간이다.

각자 방으로 흩어져 샤워 후 편한 옷으로 갈아입고 큰언니 방으로 모였다. 늦은 시간이지만 귀중한 시간을 허투루 보낼 수 없다고 의기투합했다. 다행히 우리 방은 복도 마지막 코너 셋을 나란히 주어 가운데 방에서 마음껏 떠들어도 괜찮았다.

올해 79세 큰언니의 인생 역정 파노라마를 들었다. 그에 만만치 않은 둘째 언니의 역동적 드라마에 비하면 나머지는 들으나 마나 껌 씹을 정도라고 으름장이다. 깔깔거리고 웃다가 울다가 자기 인생이 제일 파란만장이라고 떠들고 싶던 다른 네 사람도 읍소하고 말았다.

23살, 대학을 졸업하던 해, 시카고에 살던 오빠의 소개로 남편을 만나 결혼한 동생은 자기만 멀리 시애틀에 떨어져 살아 외롭고 고독했다고 했다. 타지에서 그렇기도 했겠다고 다들 고개를 끄덕이며 동조했다. 그때 우리 형제자매들은 하나같이 어려운 시절이라 곁을 내줄 겨를도 없이 각자도생이었다.

미국 유학 중 남편을 만나 살면서 지지고 볶는 큰조카 이야기, 큰언니를 닮아 사업성이 뛰어나 20여 연간 학원 사업하다가 코로나 여파로 사업을 접은 작은 조카 이야기…. 줄줄이 이어지는 중년 여자들의 인생 역정 이야기가 쏟아진다. 각자 자기 드라마가 대하소설 감이라며 나에게 베스트셀러 한번 써보란다.

"삶이란 욕망과 권태를 오가는 추 일 뿐"이라고 쇼펜하우어가 말했던가.

욕망이 채워지지 않으면 결핍으로 괴롭고, 욕망이 채워지면 권태로 괴롭기에 모든 만족감은 순간에 불과하다. 명언을 남겼다. 우리들의 삶 또한 그러한데 눈앞의 작은 것들로 아웅다웅하며 근시안으로 살아간다. 낯선 이 여행지를 벗어나 각자의 삶 속으로 걸어가면 그 또한 외롭고 고독한 존재로 되돌아가는 것이 현실 아니겠는가.

남녀를 불문하고 결혼 생활로 들어서면 어차피 이전과는 전혀 다른 삶이며 정신적인 타향살이임이 분명하다. 이전의 관습과 패턴이 아님을 인정하고 수용하려면 누구든 시간이 필요하리라. 부모님 슬하에서 살 때는 환경이 비슷해서 각자 결혼 후 삶도 비슷하게 오순도순 잘 살아갈 줄 알았다. 서로 다른 환경의 남편을 만나면서 개인의 삶도 요동치며 세상이라는 거친 바다를 항해한다. 중년을 넘으면 끝나려나 싶었는데 노년이 되어도 여전히 파란만장 진행형이다. 우리가 사력을 다해 살아온 지난날을 존중하고 아껴두기로 했다. 아픈 기억도 삶의 일부분이었고 개인의 귀중한 역사였음을 인정하자고 토닥토닥 위로했다. 엉클어진 기억 속, 각자의 생각이 다르고, 판단도 다르고, 결정도 달라서 생긴 오해와 번민들이 어쩌면 당연했는지 모른다. 서로 다름을 인정하는 순간 오해는 이해가 된다. 틀린 것이 아니라 다른 것이다. 꼭 그때 그 아픔이 우리 곁을 스치고 지나가야만 했던 이유가 분명히 있었을 거라고 믿기로 했다.

　　　　　　　　　　　　　　　　　　　　　　　　닻을 내리다

부모와 자식의 수직적 관계보다는 형제자매의 수평관계가 훨씬 이기적이고 경쟁적인 관계임을 세월의 흐름과 함께 자연스럽게 알아갔다.

마지막 날, 아쉽지만, 술렁술렁 지나가고 있었다. 공항에 가기 전 일행과 함께 해변을 직접 걸어보는 시간이다. 다낭은 60km에 달하는 긴 해안선을 따라 유명한 비치가 많다. 그중 가장 유명한 '미케' 해변을 거닐었다. 조금 걸어 들어갔는데 갑자기 하늘에서 커다란 굉음이 울려 퍼졌다. 곧 비가 내릴 모양이었다. 우리는 서둘러 해변을 빠져나와 근처 해변 카페에 자리를 잡았다. 음료를 시키고 있는데 쏟아지는 비와 천둥번개 치는 소리에 놀라 나자빠질 지경이었다. 우리나라에서 듣던 천둥 치는 소리와는 차원이 달랐다. 바로 내 귀 옆에서 대포 소리가 나듯이 어마어마한 굉음이었다. 그래서였을까? 하늘의 징조가 보이자, 현지 상인들이 우리를 보며 귀를 막으라고 신호를 주었다. 그 사이 음료가 나오고 한 모금 마시자 쏟아지는 비가 천막을 뚫고 새는 바람에 아수라장이 되었다. 이것도 동남아 여행의 추억이라고 생각하자고 태연히 앉아 '스콜'을 즐겼다. 그 와중에도 자전거에서 열대과일을 파는 상인과 협상하여 망고스틴 한 봉지를 샀다. 젖은 옷을 털어내고 달콤한 망고스틴 맛에 다시 웃음을 찾는다. 30분도 안 되는 시간에 예상치 못한 일들이 스치고 지나갔다. 부지불식간 찾아드는 행복과 불행, 우리 삶에도 무시로 그것들이 스쳐 지나가고 있다.

"지상을 천국으로 만드는 것이 아니라 지옥에 이르지 않게 하는 것이 나의 희망이다." 염무웅 평론가의 말이다.

태어나서 죽는 순간까지 산다는 건 치열한 전쟁이며 무한한 갈등의 연속이다. 수없이 부딪치는 갈등을 대면하면 한 치 앞도 보이지 않는 암흑이지만 그 너머 희망이라는 녀석을 바라보면 모든 순간을 잘 견딜 수 있다.

지금의 내가 있기 위해 흘려온 피와 땀의 결실이 오늘이다. 오늘은 어제의 내가 만들었고, 오늘의 내가 또 내일도 만들어 갈 것이다. 여행을 마친 후 우리는 더 이상 어제의 내가 아니다.

영종도 공항에 도착하니 새벽이다. 다시 각자의 섬으로 돌아가야 할 시간이다. 긴 세월 말없이 등 뒤에서 묵묵히 지켜보아 준 혈육이 있었기에 잘 버틸 수 있었다고 서로 얼싸안고 토닥토닥 등을 두드렸다.

가슴에 많은 것들이 쌓여가고 헤어져야 할 시간이 다가올수록 입은 점점 무거워졌다. 돌아가야 할 집이 있다는 것은 얼마나 감사한 일인가. 모든 순간이 꽃봉오리였다.

섬처럼 떠다니던 너와 내가 우리가 되었다가 다시 점점이 흩어져 간다.

바다의 도시

〈부산 여행〉

　7시 40분 KTX 열차를 탔다. 새벽부터 역에는 많은 이들이 북적인다. 젊은 일꾼들, 장거리 통학하는 학생들, 여행객들 객실은 벌써 만원이다. 드디어 출발! 급히 달리는 열차에 창밖 풍경이 부서지듯 달아난다. 몽상에 잠겨 잠깐 졸 듯이 스쳐 지나갔다. 부산역에 도착하니 오전 10시 두 시간 만에 천안에서 동남쪽 끝까지 떠밀려 왔다는 게 신기했다. 심호흡하니 편안하다. 배낭 하나에 세면도구와 간단한 화장품과 속옷 양말 혹시 추울까 싶어 티셔츠 하나가 전부다. 최소한으로 줄인다고 해도 사람이 이틀 동안 이 정도의 물질이 필요한 거로구나 싶었다.

　부산역 역사 안에 뜨거운 어묵을 파는 곳이 있어 눈길이 갔다. 마침, 출출하고 으슬으슬해서 한 꼬치씩 먹으며 뜨거운 국물을 들이켰다. 역시 부산 어묵! 서로 눈빛을 교환하며 다음 일정을 찾았다. 간단한 부산 지역 관광 지도를 보니 역사 바로 앞에 시내 운행 셔틀버스가 기다리고 있다. 일단 태종대 행 버스를 탔다. 한 번 요금으로 세 가지 버스노선을 하루 종일 다 이용할 수 있다. 어디나 자기가 마음에 드는 곳에 내려서 구경하고 다음 순환 버스를 바꿔 타면 쫓기지 않고 느긋하다.

처음 내린 곳이 태종대이다. 40년 전 신혼여행 때 제주에 이어 부산에서 하루를 떠 올리며 둘러보아도 그때와는 확연히 달라진 바닷가 풍경이 낯설지만 잘 정돈되어 있었다. 마침, 벚꽃과 동백이 만개하여 가는 길목이 한적하고 고즈넉하다. 영화라도 찍어야 할 아름다운 길이다. 건너편 바닷가 절벽의 모습과 항구에 즐비한 배들과 크루즈 대형 선박을 보며, 여기가 부산임을 실감했다. 제주 살 때 익숙하게 보았던 해안가 서식하는 이름 모를 나무들이 숲을 이루고 새들 지저귀는 소리, 찬란한 햇빛이 이국적이다. 손잡고 천천히 풍경을 즐기며 숲을 걷는 길이 편안하다.

다시 버스를 타고 꼬불꼬불 산길 따라 벚꽃 길 따라 이 층 버스가 부산 외곽을 달린다. 홍콩에서 이 층 버스 타고 시내를 달렸던 기억이 스친다. 바닷가 항구 도시, 인구 많고 복잡했던 홍콩과 부산이 많이 닮았다. 4월 초 바람은 차지만 높은 이 층 버스 달리는 차에서 내려다보이는 거리 풍경이 정겹다. 좁은 2차선에서 대형 버스가 기교 부리며 상대 차와 스치듯이 잘도 피해 다녔다. 이미 이 지역에 특성화되어 있는 기사들이다. 바람을 맞으며 부산항대

 닻을 내리다

교 건널 때 이 층 버스 난간에서 사진찍기 바쁘다. 아차 하면 다리 밑 바다에 카메라를 떨어트릴 수 있으니 꽉 잡은 손이 저절로 떨린다. 어느 곳에 내려 그곳을 찬찬히 보는 여행도 좋지만, 차를 타고 스치듯 달리며 바라보는 여행지의 풍경도 별미이다.

버스는 광안리 드넓은 해변에 우리를 내려놓았다. 발을 내딛는 순간부터 탄성이 저절로 나왔다. 수많은 외국인이 이 해수욕장을 환호하는 이유가 있었다. 대도시와 바다가 공존하는 문화의 충격이다. 해수욕장에서 몇 걸음만 벗어나면 최신 최고의 문화도시, 대형 빌딩과 각종 먹거리와 즐길 거리가 즐비하게 줄 서 있는 곳, 그곳이 바로 광안리이다. 백사장 안을 천천히 걸었다. 이른 계절이지만 사람들이 많다. 바다 저 멀리 광안대교가 그림처럼 펼쳐 있다. 모래 위를 걷다 근처 카페 2층에서 바다를 바라보며 차를 마셨다. 먼바다 풍경을 감상하며 부르주아처럼 희희낙락 여유를 부렸다.

"카르페 디엠!" 어디선가 키팅 선생님의 외치는 소리가 어렴풋이 귀에 들린다.

해운대로 발길을 돌렸다. 백사장은 여름 핫 타임을 앞두고 여기저기 공사로 굴착기들이 늘비하게 늘어져 있어 조금 실망했다. 조금 전 광안리 멋진 바다를 본 뒤라 더 그랬는지 모르겠다. 이럴 땐 빨리 다음 이동지로 발 빠르게 움직이는 게 상책이다. 이동하면서 본 마린시티와 초고층 건물들은 과연 국제도시다운 면모를 갖추고 있다.

　남포동으로 이동하여 저녁 식사를 하고 소화 시킬 겸 천천히 용두산 공원 야경을 구경하러 나섰다. 신혼여행 마지막 날 용두산 공원에 들러 촌스러운 모습으로 사진 한 장 남겼던 기억을 더듬으며 웃음이 번졌다. 남포동 젊음의 거리에서 바로 용두산으로 이어지는 야외 에스컬레이터를 타고 산 입구까지 올랐다. 무지개 야간 조명이 이어진다. 중간중간 내려 골목길과 이어지고 다시 오르면 용두산 정상이다. 벚꽃과 함께 밤 풍경이 멋지게 조명으로 꾸며져 감탄하며 오르는 길이 그리 힘들지 않았다. 평일이라 사람들도 별로 없는 한적한 거리를 연애하듯 손잡고 걷고 또 걷는다. 각자 따로는 와 봤지만, 함께 지금까지 잘 살아 여기까지 다시 오니 감사의 기도가 절로 나왔다. 엘리베이터를 타고 전망대에 올라 부산시가지를 내려다보니 오색찬란한 밤 풍경이 한눈에 확 들어온다.

"네가 무언가를 찾고 있는 동안, 사실 그것은 항상 네 안에 있었다."

- 루미(Rumi)

　문득 이 글귀가 생각났다. 내 안에 소중한 것이 너무 많은데 끄집어낼 기회를 못 잡고 있었던 것은 아닌지. 야경을 바라보며 내 안에 불꽃처럼 반짝이는 그것을 잘 들여다봐야겠다고 생각했다. 오롯한 밤 여행을 마치고 숙소로 돌아왔다. 새벽부터 하루 종일 고단하고도 의미 있는 시간이 지나가고 있었다. 저녁때 자갈치

닻을 내리다

시장에서 먹장어와 먹은 소주 한 잔이 이제야 취기가 도나? 간만
에 단잠을 푹 잤다.

　다음 날 아침 느긋하게 자갈치 시장에서 생선구이와 미역국을
먹었다. 미역국에서 바다의 향기가 물씬 풍겨왔다. 부산 지하철
을 타보기로 했다. 1호선 지하철을 타고 종점인 다대포 해수욕장
에 내려 일대를 걸었다. 낙조로 유명한 해변은 갈대숲과 어우러
져 고즈넉하다. 백사장은 길고 넓으며 자연 그대로의 모습이 깃
들여 있다. 잔잔한 바람과 찰랑이는 파도가 거대한 용의 비늘처
럼 조용하게 일렁거린다. 아직 사람의 손때가 덜 묻은 참신한 모
습이다. 아침인데도 벌써 맨발에 해변을 걷는 운동 객이 줄을 잇
는다. 갈대숲 나무 데크 길을 따라 걷다가, 해변에 작은 파도와 동
동거리며 발씨름 하다가, 근처 무지개색 의자에 앉아 아이처럼 놀
았다. 근처 새로 단장한 공원은 단정하고 말끔했다. 세계 최대 음
악 분수는 제철이 아니라 볼 수 없어서 아쉬웠다. 천변 옆 보리잎
이 푸릇푸릇 빳빳하게 고개를 쳐들고 있다. 계절이 성큼성큼 걸
어 나오고 있다. 다시 지하철을 타고 초량동에서 내렸다.
　이제 본격적으로 이 동네를 돌아보기로 했다. 차이나타운은 중
국 전통 가옥들이 즐비하다. 전쟁 이후 화교들이 모여 조성된 거
리로 2004년부터 차이나 문화 축제도 개최하고 있다고 한다. 근
처 옛 백제병원 터는 지금은 '창작과 비평' 사에서 옛 외형 그대로
유지하면서 사무실과 카페로 운영하고 있었다. 글 언저리에서 노

는 나는 반갑고 기뻐 얼른 입구를 찾아 들어갔다. 많은 책과 조용히 책 읽을 공간도 있어 잠시 다리도 쉬어갈 겸 테이블에 앉아 책을 읽었다. 머잖아 저 책들 사이에 내 책도 꽂혀있기를 꿈꿨다. 구시가지를 벗어나 '초량 이바구길'로 향했다. '이바구'는 부산 사투리로 '이야기'라는 뜻이다. 168계단을 오르면 산 아래 집들이 옹기종기 모여 있다. 걸어서 계단을 오르는 길도 있고, 밖의 모습을 보며 절벽을 따라 아찔한 엘리베이터를 이용하는 방법도 있다. 우리는 엘리베이터를 이용하기로 했다. 계단을 오르기 전 담장 갤러리를 지나며 볼거리가 소소하다. 초입에 1892년에 새워진 한강 이남 최초의 '초량교회'가 아직 건재하게 우뚝 서 있다. 당시 신도들은 신사참배를 거부하고, 3.1운동의 거점이 되기도 한 곳이다. 초량동 출신 유명 인사들 소개, 아바구 공작소, 장기려 박사 기념관을 거쳐 김민부 전망대에 오르니 부산항대교가 한눈에 쏙 들어오고 부산시가지가 180도로 펼쳐진다. 산 아래 오종종히 건물들과 바다가 보이고 사람들이 바삐 움직이고 있다, 주변에 온통 봄꽃이 파스텔 색조로 내려앉아 있고, 하늘은 높고 푸르며, 바람은 살랑살랑, 진짜 내려오고 싶지 않았다. 오늘 저녁 다시 KTX를 타고 가야 하기에 가던 길을 돌아 내려와 일대를 다시 둘러보았다. 초량전통시장과 초량천을 지나 부산 야구 명문 부산고등학교가 있다. 때마침 운동장에 선수들이 연습 중이다. 야구를 좋아하진 않지만, 감회가 달랐다. 다리도 아프고 허리도 아프고 춥기도 하고 시장 일대에서 밀면 칼국수를 한 그릇씩 먹고 기차 시간까지

 닻을 내리다

카페에 있기로 했다.

"모든 여행은 결국 자기 자신에게로 가는 여행이다. "헤르만 헤세가 말했듯이 여행을 떠났다가 돌아올 때, 이전의 나와 다른 깊은 나와 만나고 온 느낌이다. 여행지에서 느꼈던 잔잔한 감동은 오랜 시간 내 안에서 숙성되어 값진 성찰과 평온함을 안겨줄 것이다. 살면서 필요한 순간 두고두고 꺼내어 보는 추억이 되겠지. 아직도 만나지 못한 수많은 나를 그리워하며 천천히 또 다른 여행을 계획해 본다.

전나무 숲길을 거닐며
〈평창 기행〉

폭우로 남도 지역이 온통 홍수이다. 이런 상황에 길 떠나도 되는지 뭔가 꺼림직하다. 오래전 여행 예약되었던 바라 어쩔 수 없이 서둘러 약속 장소인 수원으로 향했다. 평창 오대산 자락 전나무 숲 '밀 브리지'로 향했다.

새벽에 일찍 서둘러 지하철 역사에 도착했는데 폭우로 철도가 중단된 상태이다. 이미 여러 사람이 모두 술렁이며 앉아서 기다리고 있었다. 방송에서는 계속 기다리지 말고, 다른 교통수단을 이용하라고 성화다. 스마트폰으로 빠르게 시외버스 상황을 검색했다. 다행히 40분 후 출발하는 버스 좌석이 남아 있다. 예약과 결재를 서두르고 버스터미널로 향했다. 쏟아지는 폭우를 맞으며 새벽부터 발걸음이 바쁘다. 서울, 수원, 동탄, 천안, 사는 곳도 각자 다른 우리가 문우文友로 만난 지 벌써 13년 차다. 6개월 만에 만났

닻을 내리다

는데 어제 만난 듯 친근하고 익숙하다.

고속도로 너머 안개 자욱한 산들이 우리를 향해 달려오는데 운무 위에 떠 있는 기분이었다. 유난히 과열되었던 지난여름의 열기를 씻어 주듯이 폭우가 퍼붓는 밤이었다. 오히려 더운 것보다 훨씬 좋다고 모두 들뜬 기분을 감추지 못했다.

처음 도착한 곳이 〈이효석문학관〉이다. 메밀꽃 필 무렵에 왔더라면 더 좋았을 것을 아쉬웠다. 색색의 비옷을 입고 안개비를 맞으며 물레방아 옆을 기웃거렸다.

소설 속 허 생원과 동이 엄마가 20여 년 전에 방앗간에서 연정을 맺었던 모습이 보이는 듯하다. 문학관 내부와 깨끗하게 꾸며진 정원을 천천히 돌아보았다. 비 오는 날 언덕 위에 웅장한 문학관 모습이 운무에 가려 수채화처럼 아련하다.

봉평에 온 김에 메밀꽃 풍경화로 유명한 근처 〈무이 미술관〉으로 향했다. 벽 하나를 가득히 채운 커다란 캔버스에 메밀 꽃밭이 아득하게 피어나 있다. 산과 때론 작은 마을 초가지붕과 어우러져 있는 풍경이 숨을 멈추게 한다. 야외 정원엔 예술 조형물들이 알맞은 곳에 고즈넉하게 설치되어있다. 미술관 카페에서 유명하다는 감자피자를 먹다가 빗방울을 바라보며 사색에 잠긴다. 비가 와서인지 평일 아무도 없는 산속 미술관 카페가 네 여자를 품으며 반긴다. 오래도록 뇌리에 남을 풍경들을 가슴에 안고 다시 길을 떠난다.

숙소인 '밀 브리지'에 도착하니 키 큰 전나무들이 입구에서부터 우리를 반긴다. 빨강, 파랑, 회색, 보라 비옷을 입은 산골 소녀(?)들이 깔깔거리며 텅 빈 숲길을 걷는다. 10 여분 걸어서 우리가 묵을 숙소 불빛이 보인다. 유명한 건축가가 건물을 짓고 전나무를 오랜 시간 가꾸어 키운 사유지다. 한눈에 보아도 굉장히 신경 쓰고 친환경적으로 지은 건축물이다. 축축하고 눅눅한 옷을 벗어 던지고 편한 옷을 갈아입으니 이제야 살 것 같다. 저녁은 예약해 놓은 백숙을 먹고 초저녁 전나무 숲길을 맛 배기로 살짝 걸었다. 숲 냄새가 아찔하다. 눅눅한 숲속 야생화들이 비 맞은 모습으로 활짝 웃고 있다.

안단테는 일 년에 두 번 여행한다. 그때마다 책 한 권을 읽고 나눔을 하고, 때론 자기 작품들을 가져와 서로 합평한다. 시, 수필, 단편소설 어떤 것이라도….

조명을 밝히고 가져온 시집을 펼친다. 이번 시집은 양광모 시인의 『푸르른 날엔 푸르게 살고 흐린 날엔 힘껏 산다』이다. 자신이 감명 깊게 읽었던 단락 혹은 평을 나누고 동질감과 이질감도 함께 나눈다. 창작으로 넘어가 열띤 토론으로 마무리한다. 와인과 함께 이어지는 수다들이 이 여행의 마지막 묘미이다. 밤늦은 줄 모르고 서로의 이야기들이 오간다. 친밀감도 세월의 흐름만큼 밀도 있게 익어간다.

새벽, 나는 평소처럼 일찍 일어나 씻고 옷 입고 방을 나섰다. 친

  닻을 내리다

구들은 곤히 자고 있다. 부스스 눈뜬 S만 살짝 함께 나섰다. 밖에 나오니 공기가 남다르다. 말없이 새벽안개 낀 전나무 숲길을 걸었다. 차가운 숲 이끼들까지 깨어나 부스스 몸단장한다. 아침 식사까지 제공되는 여행이라 주부들인 우리는 너무 행복했다. 깔끔하고 간단한 가정식을 먹고 누룽지까지 먹으니 든든해진다. 어제 못가 본 전나무 숲길을 본격적으로 산책길에 올랐다. 오래된 숲에서 느끼는 건강한 기운이 느껴진다. 습지대에 사는 식물들이 거대한 이끼와 함께 자리하고 있다. 퇴실 나오는 길에 '방아다리 약수' 탄산수를 한 통씩 받았다. 알싸한 쇄 냄새가 나지만 몸에 좋다니 한 바가지씩 벌컥벌컥 마셨다.

이제 해발 1,458m 발왕산에 오르기로 했다. 용평스키장 근처라 케이블카를 타고 정상을 향했다. 왕복 7.4km 국내 최장 케이블카로 편도 20분 거리다. 정상에 오르니 무릉도원이 따로 없다. 사방이 산인데 물안개 자욱한 정상들이 산신령이라도 하산할 듯 신성하다. 스카이 워크 전망대는 외국의 유명 관광지 못지않다. 이어서 3.2km 데그 길로 이어진 산책로가 장관이다. 말 그대로 천상 정원이다. 천년 주목들이 즐비하게 정상 곳곳에 숨어있다. 무장애 코스라 아이들도 장애우도 가능하다. 가을엔 단풍이 겨울엔 설경이 장관을 이룰 듯 언제 와도 아름다운 곳이다.

- 중략 -

세상을 아름답게 만드는 건 비요

사람을 아름답게 만드는 건 우산이다

한 사람이 또 한 사람의 우산이 되어줄 때

한 사람은 또 한 사람의 마른 가슴에 단비가 된다

- 양광모 〈우산〉 중 -

산에서 내려와 다시 각자의 집으로 향한다. 폭풍우 뒤 여행치고 알차고 행복한 여행이었다. 양광모 시인의 말처럼 우리는 서로에게 단비도 되고, 우산도 되어주는 존재들임을 확인하는 시간이었다.

닻을 내리다

“모든 여행은 결국 자기 자신에게로 가는 여행이다.”

- 헤르만 헤세 -

추천글

다락방의 태동

　김순례 작가의 두 번째 수필집『낯설고도 친밀한』이 탄생했다. 그녀의 수필은 잔잔한 내면을 꿰뚫어 성찰한다. 이어 읽는 이의 삶을 느슨하지 않게 다지는 내성을 갖는다. 거침없는 친화력만큼이나 작가 자신을 빈틈없이 훈련하고 바로 세우며 탄탄한 기본기를 갖추었다. 새벽 기도로 하루를 시작하는 부지런함과 성실성 또한 으뜸이다. 작가 글에서도 언급했듯이 최선을 다하여 후회 없는 삶을 영위하는 하루를 산다.

　수필의 고유함을 벗어나지 않는 작품 〈불편한 동거〉와 〈아물지 않는 상처〉에서 작가의 진솔함을 엿볼 수 있다. 최초 글의 태동을 느꼈던 〈다락방〉은 글 읽는 놀이터였다고 말한다. 혼자만의 공간과 심심할 때를 일찍이 철학을 탐구하는 어린이로 자랐음

을 보여준다. 작가만의 글쓰기 기법이 담긴 수필집이다. 경험을 넘은 선험적 글쓰기가 수록되었다. 이 한 권의 책을 읽고 나면 수필이란 이런 거구나, 느끼게 될 것이며 수필 쓰기에 자신감이 생길 것이다.

김지현 시인

삶의 본질을 향한

글쓰기가 어려운 이유는 자신의 결핍과 욕망을 드러내는 행위이기 때문이다. 내면을 정직히 마주하는 일은 언제나 쉽지 않다. 하물며 활자로 묶어 세상에 펼쳐 보이는 일은 큰 용기가 필요하다. 그런 점에서 김순례 작가는 불완전한 자신을 외면하지 않고 스스럼없이 고백한다. 그 고백이야말로 가장 성실한 수필가의 자세일 것이다. 한결같은 성실함으로 늘 전진하는 사람. 끊임없이 존재를 탐문 하며 성찰을 게을리하지 않고 스스로 갱신하는 사람. 그의 문장은 하루를 충실히 살아낸 사유의 기록이며 흔적이다. 작가의 자취를 통해 정서적 교감을 이룬 독자는 찰나의 순간을 깊이 음미하게 될 것이다.

『낯설고도 친밀한』은 대조되는 양가감정의 공존을 통해 역설적으로 삶의 본질에 한 발짝 다가선다. 기억과 감각이 교차하는 지

점에서 세계와 공명하는 순간을 포착해 존재의 근원을 묻는다. 독자들은 사색의 여백에 머물러 물음을 더듬는 시간을 경험하게 된다.

오래 들여다본 일상의 증언은 감사로 귀결된다. 신실한 신앙심에 기대어 있지만 궁극적으로 삶을 대하는 태도에서 비롯됐다고 볼 수 있다. 아픔과 시련도 감싸안으며 길을 밝혀나가는 낙관적인 모습은 삶을 새롭게 받아들이는 용기와 깨달음을 준다.

지체함 없이 또 길을 나설 사람, 어떤 길에서 어떤 여정을 펼칠지 기대된다.

김형주 수필가

우직한 글쓰기

『마음속 풍경』에 이어 7년 만에 한층 무르익은 두 번째 수필집 『낯설고도 친밀한』을 출간했다. 경작이 쉽지 않은 글 밭에서 우직하게 땅을 고르고 씨앗을 심고 열매를 거두는 모습은 함께 글을 쓰고 있는 도반道伴으로 존경스럽다.

그 우직한 글쓰기의 뿌리는 어린 시절 오빠의 다락방에서 싹튼 문학적 태동으로 거슬러 올라간다. 작고 은밀한 공간에서 독서는 미지의 세계에 대한 동경으로 이어졌다. 동시에 자기만의 세계를 만드는 사유와 상상의 보금자리였다. 그 경험은 훗날 문학을 삶의 태도로 받아들이게 하는 밑거름이 되었다. 사유의 시간은 문학에서 현실과 존재를 바라보는 섬세한 시선으로 이어져 평범한 일상에서도 의미를 포착하는 예리한 통찰력으로 발전했다. 철학적 사유와 따뜻한 감성이 공존하는 그의 글은 독자에게 깊은 여운과 정서적 위안을 준다.

  글은 그 사람을 닮았다. 작가의 밝은 에너지와 긍정의 힘은 어디서든 빛이 난다. 함께 있으면 자연스레 그 빛에 스며들게 된다. 사려 깊고 따뜻한 심성으로 주위를 밝히는 김순례 작가의 『낯설고도 친밀한』을 통해 삶의 상처조차 희망으로 엮어내는 내면의 힘을 만나보길 권한다.

박순옥 수필가